6

전생부터 다시

홍성은 장편소설

FUSION FANTASTIC STORY

Re Pre Life

도서출판 청어람

전생부터 다시

Re Pre Life

목차

42장
수련

라푼젤과 저녁 식사를 하고 알베르트와 다른 제자들을 만나 격려를 해준 후, 로렌은 바투르크를 찾아가 스칼렛과 합류해서 탈란델에게 향했다.

　탈란델은 구 발레리에 대공령, 즉 현 카탈루니아 대공령에 있었다. 정확히는 대공령에 소재하는 그랑 드워프 유적에.

　지난 1년 간, 로렌은 궁정 마법사 임무로 바쁜 와중에도 짬을 내서 탈란델과의 약속을 지켰다. 그 약속이란 물론 그랑 드워프의 유적 발굴이었다. 대가로 금강의 격을 이미 받은 이상, 당연히 이행해야 하는 약속이었다.

언제는 스칼렛에게 따라잡힌다고 죽는 소리를 했지만, 이제 탈란델에게 그럴 자격은 없어 보였다. 유적들을 발굴하고 연구한 끝에 탈란델은 두 개의 상격을 더 얻었기 때문이다.

천수(千手)의 격.

진관(眞觀)의 격.

천수의 격은 각인의 힘으로 아주 많은 팔을 만들어 고속으로 정밀하게 움직이는 모습을 보여주었고, 진관의 격은 사물에 각인의 힘을 불어넣어 그 본질을 보는 능력이라는 이야기를 들었다.

이미 금강의 격을 익힌 바 있는 로렌은 탈란델의 시연을 본다고 저것들을 쉬이 따라 할 수 없음을 잘 알고 있었다.

각인기예 상격의 본질은 눈에 보이는 것과는 전혀 달랐다. 금강의 격도 그 본질은 각인의 힘으로 만들어진 팔을 꺼내는 것이 아니었고. 오히려 그 선입견 때문에 격을 얻는 데 공을 더 많이 들여야 했으니, 쉬이 선입견을 가질 수는 없었다.

스칼렛조차 천수의 격을 지금 배우고 있음에도 완전히 체득하긴 한참 걸릴 거라고 했다. 그렇다면 인간인 로렌이 다른 상격들을 배우기 위해 얼마나 많은 세월이 걸릴까. 비효율적이라고 판단한 로렌은 다른 상격을 배우는 건 좀 뒤로 미루기로 했다.

탈란델은 그런 로렌의 결정에 매우 아쉬워했다. 유적의 발굴품들은 로렌의 소유물이었고, 탈란델은 상격의 가르침과 발굴품을 거래하길 원했기 때문이었다.

로렌은 탈란델의 요청을 잠시 거부했다. 발굴품의 모습을 보니 쓸데가 있을 것 같았기 때문이었다. 지금 당장 소유권을 넘기기엔 다소 꺼려졌다.

그랑 드워프의 두 유적 중 하나는 무기고였고, 다른 하나는 피난소였다. 유적이라고는 해도 흔히 말하는 던전 같은 형태는 아니었기에 문을 따고 들어가는 것으로 충분했다.

그 열쇠가 황당했다. 무기고를 열기 위해서는 금강의 격이 필요했고, 피난소를 열기 위해서는 천수의 격이 필요했다. 이 유적들이 왜 여태 발굴되지 않았는지 확실해지는 순간이었다.

지난 생에서는 당대 최고의 각인기예 권위자인 탈란델조차 금강의 격을 획득하지 못했으니, 자연히 이들 유적의 발굴도 불가능했다.

애초에 탈란델이 금강의 격을 얻은 방주가 보관되어 있던 유적에 들어갈 수 있었던 것도 그 유적 위에 우연히 유성이 충돌해 생긴 크레이터 덕이었던 걸 생각하면 이 유적들을 발굴해 낸 것은 가히 기적에 가까운 일이라 할 만했다.

"그랑 드워프만 열 수 있도록 하기엔 딱 들어맞는 열쇠로군."

처음 이 잠금장치를 발견했을 때, 탈란델은 각인기예에 대한 자부심으로 가득 차 이렇게 말했었다. 참고로 스칼렛이 금강의 격을 금방 배우기 전의 일이었다.

그랑 드워프의 적이 드래곤이었다는 점을 상기하면 딱 들어맞기는커녕 위험천만한 보안 장치라 할 수 있었지만, 당시의 드래곤이 과연 드워프의 기술을 배우려들까에 대해 고찰해 보면 생각이 좀 달라질 법도 했다.

그리고 스칼렛이 생각보다 천수의 격을 쉽게 배우지 못하자, 그의 무너져 내릴 뻔했던 드워프 자부심이 다시 살아났다.

그거야 어쨌든, 탈란델이 상격을 얻어 유적을 열어준 덕분에 유적의 발굴품들도 천년의 세월을 넘어 현대에 모습을 드러냈다.

이 유적들은 지난 생의 로렌 하트 시절에는 모두 개방에 실패했던 유적들이다. 당시의 탈란델은 금강의 격을 손에 넣지 못했고, 그렇기에 유적 입구에 옛 각인 문자로 기록된 열쇠의 조건에 대해서도 이해하지 못했다.

어쩌면 당시의 탈란델은 로렌에게 금강의 격에 대해 이해하지 못한 척을 한 것인지도 모르지만, 그건 모르는 일이다. 저번과 이번의 차이라면 고용과 거래의 차이였다.

그래서 로렌도 이번 발굴품들은 모든 생을 통틀어 처음 보는 것이었다.

하지만 그럼에도 불구하고 로렌은 이 발굴품들의 용도를 금방 알아볼 수 있었다.

개인화기, 전투차량, 그리고 장갑차.

현대 지구인에게는 익숙한 물건들이다. 로렌이 이것들을 알아본 이유도 김진우일 때 얻은 지구에서의 기억과 정보 덕분이고.

사실 없는 게 더 이상한 물건들이기는 했다. 하늘을 날아다니는 방주가 있고, 대형 화포가 있는데. 개인화기와 탈것을 개발하지 않는 게 더 이상하다.

조총은 없었던 임진왜란기의 조선에도 승자총통은 있었다. 그리고 승자총통은 세종대왕 때 개발된 무기다. 비록 사용이 불편하고 화약 소모가 심해서 널리 쓰이진 않았다지만.

발굴된 유물이 개인화기라고 해도 자동소총이거나 한 건 아니고, 이것 또한 총통에 가까운 물건이었다. 그냥 드워프용인지라 그렇게 보이는 것일 뿐일지도 모르지만, 로렌이 받은 인상은 바주카포 같다는 것이었다. 그만큼 컸다.

발사에 불 대신 각인을 사용하고, 단발로 매탄 장전해야 한다. 방주에 실린 화포에는 자동 장전 기능이 딸려 있었는데, 아무래도 소형화에 실패했거나 무게를 줄이는 게 더 중요하다고 생각한 모양이었다.

보관된 탄약은 없었기에 어차피 그림의 떡이다. 이걸 전쟁에서 활용하려면 로렌이 방주의 화포용으로 썼던 탄을 소형화해야 하는데, 그건 아주 어려운 작업이었고 들이는 노력에 비해 별로 효과적이지도 않다.

그보다 더 중요한 게 전투차량과 장갑차였다. 이것들은 아마도 방주에 사용하는 것과 같은 방식으로 움직일 테고, 연료를 만드는 것은 탄약을 만드는 것보다 훨씬 쉬우니 유익하게 사용할 가능성이 매우 높았다.

로렌이야 별의 영역에 이르러 마력을 자연 회복시킬 수 있게 되었으니 그냥 도약 주문을 연타하면서 다니거나 스칼렛을 타는 식으로 빠른 이동이 가능하지만 휘하의 궁정 마법사들은 그렇지 않다.

굳이 따지자면 마차가 있긴 하지만 기습에 취약하고 말을 보호하면서 싸우는 것도 힘들다. 방주는 주석 조각의 소모가 너무 심해서 쉽게 끌어올 수 없으니 좀 더 효율적인 이동 수단이 필요한 참이었다.

그런 의미에서 궁정 마법사들에게 이런 전투차량은 꼭 필요한 물건이었다.

대신이라고는 뭐 하지만, 피난소의 잡다한 발굴품들 몇 개는 탈란델에게 넘겨주었다. 지금 시대에서는 유실된 옛 각인 문자가 사용된 기록물들은 교차 분석을 통해 의미를 밝혀내고 사용할 수 있게 만드는 작업이 필요했다.

안 그래도 방주의 수리에 탈란델을 공짜나 다름없이 부려 먹었다. 로렌도 양심이 없는 건 아니어서 최소한도의 보상은 해줘야 했다.

"이 펜! 이 펜 좀 보게, 로렌!"

탈란델이 호들갑을 떨었다.

"펜촉이 다이아몬드야."

"……"

그 말을 들었을 때는 발굴품을 넘긴 걸 아주 약간 후회했지만, 길게 후회하진 않았다.

＊　　　　＊　　　　＊

로렌이 탈란델에게 발굴품을 넘겨준 걸 크게 아까워하지 않은 것에도 이유가 있었다. 이미 로렌은 돈은 벌 대로 벌고 있기 때문이다.

카탈루니아 대공령에서 벌어들이는 수익이 어마어마한 건 물론이고, 북해 무역 중심지인 브뤼델의 이권도 상당 부분 가져왔다.

브뤼델에 본래 발레리에 대공의 입김이 미치고 있던 건 로렌도 알고 있었다. 그렇다곤 해도 이토록 광범위한 영역에 그 입김이 영향을 발휘하고 있었을 줄은 로렌도 몰랐었다. 물론 발레리에 대공이 갖고 있던 영향력도 지금은 다 로렌 것이다.

결국 경제력만 따지고 보자면 로렌은 다르키아 국왕보다도 버는 돈이 많았다. 어쩌면 왕국 전체를 따져봐도 수위권의 부자일지도 모른다. 금력 또한 힘이니 이 부분에서도 로렌은 강해졌다 할 수 있었다.

하긴 수입 자체는 라핀젤 자작령의 것으로 잡히는 게 더 많아서 로렌 개인 명의의 돈은 엄청날 정도는 아니지만 말이다.

그리고 로렌은 이렇게 벌어들인 돈 상당 부분을 재투자로 돌리고 있기도 했다.

라핀젤 자작령뿐만 아니라 우호 선언을 한 주변 영지, 즉 그레고리 남작령, 리처드 남작령, 에드워드 백작령, 헨리 준자작령, 비브라함 준남작령 등에도 투자가 이뤄지고 있었다.

이 투자 규모는 어지간한 하이어드는 끼어들 수 없을 정도라, 해당 영지에 하이어드의 영향력을 낮추고 로렌의 발언권을 높이는 효과도 가져오고 있었다. 그리고 투자된 영지들은 로어 엘프를 해방시킨 영지라는 공통점 또한 갖고 있었다.

로렌의 투자는 종이 위의 통계만 보면 로어 엘프 해방으로 오히려 각 영지의 수익성이 좋아 보이게 만들었다. 그리고 지배자들은 세상을 직접 눈으로 보지 않는다. 그들에게는 종이 위의 숫자가 바로 세상이었다. 그래서 로렌의 투자는 더욱 위력적이었다.

변경 지역에서도 시골, 극단적으로 말해 깡촌에 속하는 리처드 남작령의 발전상은 그중에서도 가장 눈에 띄었다. 고작 1년 사이에 도로가 뚫리고, 운하가 파이고, 온갖 물산이 돌아다닌다. 그리고 이것도 변화의 도중이었다.

리처드 남작령은 하이어드가 거의 대부분 숙청된 영지임에도 오히려 더 발전된 모습이 확연하니 주변의 영주들도 더 이상 하이어드를 두려워하지 않을 정도였다.

"나는 그냥 기사도만 열심히 수련했을 뿐인데, 이러다가 후대에는 희대의 명군으로 기록될 것 같군."

리처드 남작이 자학적인 소릴 할 정도였으니 말 다했다.

하이어드들은 시대의 흐름을 막는 데 필사적이었으나, 그들의 변경 지역에 대한 보이콧은 큰 효과를 발휘하지 못했다. 그런데 여기에 쐐기를 박듯 다르키아 14세의 선언이 이어졌으니, 하이어드들도 체념할 것이다.

그렇다고 로렌이 요 1년간 얻은 게 금강의 격과 금력, 정치적인 영향력뿐인 건 아니었다.

리처드 남작은 약속을 지켰다. 로렌에게 아보가르도류 기사도의 전수를 시작한 것이다.

비록 궁정 마법사로서의 의무를 다하면서 수련한 거라 그 수련 속도가 그리 빠르지는 않았지만, 리처드 남작은 이 정도만 해도 대단한 거라 말했다.

"내 휘하의 기사들은 아보가르도류를 익히지 못했어. 기본조차 힘들어해서 내가 따로 리히텐베르크류 검술을 가르쳐야 했지."

리처드 남작이 리히텐베르크류 기사도를 알고 다른 사람에게 가르쳐 줄 수도 있다는 것에 로렌은 잠깐 놀랐지만, 곧 그게 별로 놀랄 일이 아니란 걸 깨달았다. 상대는 리처드 남작이다. 뭘 해도 이상하지 않다.

지금 리처드 남작의 모습은 예전과 달라져 있었다. 이전에 익숙하게 보아왔던 근육질 거한이 아니었다. 오히려 온몸의 근육이 절반 미만으로 줄어들어 있었다. 하기야 이전에는 좀 보기 부담스러울 정도의 지나친 근육에 비하자면 지금이 보기는 훨씬 나았다.

근육이야 그렇다지만 원체 체구가 워낙 크고 골격 또한 장대해서 위압감이 느껴지는 건 여전했다. 더군다나 힘이 떨어진 것도 아니었다. 오히려 더 강력해졌다고 봐도 무방했다.

리처드 남작이 또 새로운 경지에 올랐다는 방증이었다.

"하지만 넌 익힐 수 있으니 대단한 게 맞지, 디셈버 백작."

그러면서 로렌을 칭찬한답시고 이렇게 말하니, 로렌의 입장에선 다소 자괴감이 들 법도 했다.

"그만 좀 놀리십쇼. 백작이 된 건 제가 아니라 디셈버라 몇 번을 말해야 합니까?"

가장 와 닿는 건 역시 호칭이었다. 물론 디셈버와 로렌은 동일 인물이나, 이 사실을 아는 사람은 손꼽을 만큼밖에 없다.

국왕에게도 숨기는 극비의 사실을 농담처럼 털어놓는 건 지금 두 사람이 있는 장소가 그만큼 은밀하고 보안에 있어 자신할 만한 장소였기 때문이다. 로렌이 특별히 공을 들여서 새로 지은 기사도 수련 전용 수련장이었다.

딱히 리처드 남작을 위해 지은 건 아니지만, 리처드 남작은 이 수련장 덕에 새로운 경지에 오를 수 있었다며 로렌에게 고마워했다. 고마워는 하지만 놀리기는 계속하겠다! 이게 리처드 남작의 로렌에 대한 기본적인 스탠스였다.

하기야 이제 와서 리처드 남작이 자신을 어려워한다고 반길 로렌은 아니었다. 리처드 남작의 판단이 옳은 셈이다.

그렇다곤 하지만 너무 놀리는 게 아닌가, 그런 생각이 들 법할 때쯤 리처드 남작의 분위기가 바뀌었다.

"어쩌면 아보가르도류 기사도를 배우는 건 너한텐 별로 이득이 아닐지도 모르겠어. 다양한 기사도 유파를 배우는 건 높은 경지에 오르는 데는 오히려 방해가 될 수 있으니까."

"배우겠다고 한 건 접니다."

"가르치겠다고 한 건 나지."

리처드 남작은 한 마디를 안 졌다. 로렌은 애초에 이길 생각이 없었고. 그래서 잠자코 남작의 이어질 말을 기다렸다.

"승화의 경지… 이름이야 내가 붙였지만 참 마음에 드는 이름이로군."

승화의 경지. 그것이 리처드 남작이 이번에 입문하게 된 기사도의 새로운 경지였다.

리처드 남작의 근육량이 줄어든 것과도 관계가 있었다. 리처드 남작의 말에 따르면 더욱 효율적이고 강력한 근육으로 승화한 결과물이 이것이란다.

근육뿐만이 아니라 몸 구석구석까지 전신이 한 단계 더 우월한 것으로 승화되었다고 하는데, 말만 들어서는 잘 감이 오지 않았다.

공력의 힘을 빌리지 않고도 바위를 부수거나 제자리에서 뛰어 건물 3층 높이까지 오른다거나 하는 기행을 보여줬을 때는 확실히 놀랐다. 여기에 공력의 힘까지 불어넣어 추가로 강화할 수 있다고 하던데, 그것까지는 보여주지 않았다.

"그 말씀만 몇 번째입니까?"

문제는 리처드 남작의 새로운 경지에 대한 자랑이 이미 여러 번 있어왔다는 점이었다. 아무리 좋은 거라도 자주 먹으면 물리는데, 그게 남의 자랑이면 어떻겠는가?

"이 자랑은 몇 번을 해도 안 질려."

하지만 리처드 남작은 어디까지나 뻔뻔했다.

"어쨌든 네가 승화의 경지에 오르기 위해서는 차라리 리히텐베르크류를 꾸준히 수련하는 게 더 나을 거다."

"사실 지금 제 수준에서 승화의 경지는 언감생심인 것 같아서요."

리처드 남작은 한 번 더 탈각하고 그 다음에나 승화의 경지에 오를 수 있었다고 한다. 리처드 남작조차 세 번이나 탈각해야 오를 수 있었던 경지인데, 아직 한 번밖에 탈각하지 않은 로렌이 바로 승화의 경지에 오를 수는 없을 것 같았다.

"그럼 아보가르도류를 계속 수행하겠다는 거지?"

"네."

"좋다."

리처드 남작은 고개를 끄덕여 로렌의 결정을 환영했다.

"그럼 시작하자."

*   *   *

아보가르도류 박투술.

박투술이라는 단어에서 알 수 있듯 맞붙어 싸우는 기술이다. 무기는 사용하지 않고 맨몸으로만 타격 등을 행한다.

로렌은 다른 기사들이 아보가르도류를 제대로 수행하지 못하는 이유를 배우기 시작하자마자 즉시 깨달았다.

가장 먼저, 창칼과 활을 예사로 쓰고 마법까지 튀어나오는 이 세계에서 맨손으로 적과 맞붙는다는 건 자살행위라 할 수 있다.

검술만 해도 창술에 비해 실전적이지 못하다는 불평이 나오는 마당에 박투술이라니. 그것도 배우는 사람이 일반인이라면 모를까, 전장에 나서야 하는 기사들이다.

그 기사들이 상대해야 하는 것도 자신들과 똑같이 말 타고 갑옷까지 입은 중무장한 기사들이다. 이 기사들을 상대로 검도 안 뽑고 주먹으로 싸운다고? 말이 안 된다.

물론 실전이라면 무기를 빼앗긴 채 맨손으로 싸워야 할 상황도 충분히 나온다.

하지만 그 만약의 상황에 대비하는 것보다는 검을 든 채로 강해져서 애초에 무기를 빼앗길 만한 상황이 나오지 않게 만들겠다는 생각이 앞서는 게 일반적이다. 제대로 된 실전을 거치지 못한 기사도 입문자라면 더더욱 그런 생각이 강할 것이고.

당장 도움이 안 되는 기술을 그저 기사도 유파의 기본기라고 배우고 있노라면 시간 낭비라는 생각이 가장 먼저 들 것이다. 아보가르도류 기사도 입문자가 가장 먼저 의욕을 잃는 부분이라 할 수 있었다.

그런데 이게 끝이 아니다.

두 번째, 훈련 내용이 어마어마하게 힘들다. 상식적으로 생각할 때 무거운 쇳덩이인 칼을 휘두르는 것보다는 주먹을 휘두르는 게 그래도 쉬워야 되는데, 아보가르도류 박투술은 그렇지가 않았다.

조금 전에 맨몸으로 싸운다고 했지만, 사실 그 말에는 어폐가 좀 있다. 그저 무기만 들지 않을 뿐, 전신 갑옷을 입게 한다. 소재는 강철이다.

리처드 남작의 말로는 갑옷이 무거울수록 효과가 좋다고 하고, 실제로 그의 갑옷에는 납덩이가 덕지덕지 붙어 있다. 납 중독이 우려될 정도였다.

로렌은 탈란델에게 의뢰해 자신의 몸에 맞는 갑옷을 따로 맞추고 각인을 새겨 무게를 더하는 방식을 썼다. 로렌이야 부자니 상관없지만, 기사도 수련생에겐 갑옷 가격도 보통 부담이 아닐 것이다. 이 갑옷의 가격도 수련자의 의욕을 덜어가는 이유 중엔 덤에 불과하다.

이렇게 무게를 더한 갑옷을 입은 채 빠르고 격렬한 움직임을 반복한다. 하다 보면 입에서는 금세 단내가 나고, 구토를 하는 수련생도 왕왕 나온다.

다른 기사도 유파의 기본 수련에선 이렇게까지 사람을 굴리지는 않는다. 게다가 공력이 쌓이는 것도 비효율적이다. 다른 유파와는 비교가 될 수밖에 없었다.

세 번째, 이렇게 기본 훈련을 마치고 나면 대련으로 들어간다. 그리고 그 상대가 리처드 남작이다. 두 번째 시련도 견뎌낸 악바리 같은 수련생들도 여기에선 눈물을 흘리며 포기한다고 한다. 그럴 만도 했다.

대련에 임한 리처드 남작은 실로 악귀와도 같았으니까.

"아니, 아보가르도류가 힘든 게 아니라 당신이 빡세게 굴리는 거 아닙니까!"

로렌은 정신 줄을 놓고 악을 썼다. 영주 상대로 당신이라니, 무례도 이만저만이 아니다.

물론 로렌은 자작령의 실질적인 지배자이자 대공령의 실권자, 디셈버의 신분으로는 백작 위까지 얻었지만 전부 비공식적인 거고 로렌 본인은 그냥 평민이다. 목이 날아가도 할 말이 없었지만 로렌의 악 쓰는 소릴 들은 리처드 남작은 유쾌하게 껄껄 웃었다.

"닥치고 이거나 처먹어!"

"우와악!"

강철에 납덩이까지 추가된 묵직한 뒤돌려 차기가 로렌의 머리를 노렸다. 맞으면 죽는다! 위기감에 로렌은 급히 목을 숙여 회피했다.

왜 이렇게까지 심하게 해야 하냐고 리처드 남작을 비난할 마음은 들지 않았다. 리처드 남작의 말에 따르면 대련은 격렬하게 할수록 효과가 좋다고 하니까. 그리고 실제로 효과가 좋았으니까.

동시에 로렌은 바투르크가 왜 그렇게까지 리처드 남작을 질색했는지 뒤늦게나마 깨달았다.

리처드 남작은 비슷한 수준의 수련 기사 중에 아보가르도류를 수행하는 자가 없었기 때문에 상대가 리히텐베르크류든 뭐든 상관없이 대련이랍시고 그냥 덤볐다고 한다. 상대가 칼을 들고 있어도 창을 들고 있어도 가리지 않고 무작정 달려들었다고도.

강해지기 위해 어쩔 수 없이 위험을 무릅썼다고 리처드 남작은 말했지만, 로렌은 그게 거짓말이란 걸 직감했다. 지금 눈을 빛내며 로렌을 향해 솥뚜껑 같은 손을 내뻗는 걸 보면 알 수 있었다.

이 남자는 즐기고 있었다.

젊은 시절의 바투르크가 리처드 남작에게 얼마나 시달렸는지 익히 상상이 가능했다.

로렌은 리히텐베르크류 비천뇌극창의 심득(心得)을 맨손으로 응용해서 리처드 남작의 손을 쳐냈다. 그리고 공력을 담은 정권 지르기를 리처드 남작을 향해 뻗었다. 어중간한 기사라면 맞고 즉사할 위력의 일격이었으나 힘 조절을 할 필요는 느끼지도 못했다.

리처드 남작은 그 주먹을 손으로 받아내고 곧장 반격을 걸어왔으니까. 우두두둑. 붙잡힌 주먹에서부터 걸린 회전 때문에 오른팔이 뒤틀렸다. 이대로라면 오른팔 근육이 뒤틀려 끊어질 위기였지만 로렌은 공력으로 팔을 보호하며 양발을 땅에서 떼었다.

몸이 휙 돌았다. 그 회전을 이용해 리처드 남작에게 발을 뻗었다. 연수 차기. 제대로 맞으면 목이 끊어져 죽을 것이다.

"와하하하하!"

리처드 남작은 유쾌하게 웃으며 상반신을 낮추곤 그대로 로렌을 향해 태클을 걸었다. 승화의 경지에 올라 다소 컴팩트해졌다고는 하나 여전히 거구인 남작의 체중에 강철 갑옷의 질량까지 더해진 충격량이 그대로 로렌의 동체에 꽂혔다.

"컥!"

순간적으로 호흡이 멈췄고, 로렌의 몸이 허공을 붕 날았다. 완강, 도약. 별의 몸으로 마법 능력을 사용한 로렌의 몸이 공중에서 멈추고 물리법칙을 초월해서 반대 방향으로 다시 날았다.

"앗! 치사하게! 너 지금 마법 썼지!!"

리처드 남작이 길길이 날뛰었다.

"마법이라도 안 쓰면 이길 수가 없으니까요."

"날 이길 생각인가? 재미있군!"

방금 전까지 화를 낸 게 거짓말인 것처럼 리처드 남작은 좋아하면서 다시 주먹을 휘두르기 시작했다.

이런 짓을 자기 의지로 나서서 한다니, 로렌은 자신이 미친 것이 아닐까 잠깐 의심했다.

＊ ＊ ＊

"미친 것일 리가 없지."

막상 수련할 땐 어마어마하게 힘든 아보가르도류 기사도 박투술이지만, 그럴 만한 가치는 분명히 있었다. 기사도의 배움에서 얻어낼 수 있는 마력은 실로 막대하고, 이 마력을 별의 영역으로 보내면 별의 몸 또한 성장시킬 수 있으니까.

비록 별의 몸과 육체는 연동되어 있어 육체가 성장하지 않으면 별의 몸에도 성장 한계가 걸리지만, 로렌은 15세로 성장기였고 그래서 별의 몸도 성장 중이었다.

이미 탈각의 경지에 한 번 올라 10대 후반의 육체를 가진 로렌이지만, 성장기는 괜히 성장기가 아니라 탈각한 후의 몸으로도 성장이 계속되고 있었다.

그것은 눈에 띄는 방식으로 성장하는 것은 아니었다. 키나 체구는 그대로지만 내실이 성장하고 있다. 별의 몸이 저절로 성장하는 것을 보면 알 수 있었다. 근육에 담을 수 있는 공력의 용량도 전보다 더 커졌다.

"역시 나이를 더 많이 먹을 필요가 있군."

탈각의 경지라는 편법으로 급속한 성장을 이뤘지만, 그것만으로는 채워지지 않는 내실이 있었고 이 내실을 키우는 데엔 시간의 힘이 필요했다.

아보가르도류 기사도의 배움은 나중을 위한 비축이다. 더 나이를 먹고 더 어른이 되어 별의 몸이 성장했을 때, 부족한 마력을 이 배움에서 추출해 내 채울 수 있을 테니까.

그에 비하면 아보가르도류의 가르침을 실전에서 쓸 수 있을지 없을지에 대한 건 그리 중요하지도 않았다.

더 만족스러운 건 로렌이 배울 게 아직도 많이 남아 있었다는 점이다.

리히텐베르크류 기사도를 완전히 마스터한 것은 아니었고, 라부아지에류도 배우는 것을 미뤄두었다. 라부아지에류를 배우길 미뤄둔 건 구유카르크를 위한 조처였지만 이제는 그런 배려를 할 필요가 없었다.

바투르크가 개발한 요리인 '돼지 한 마리'는 정말로 굉장해서, 리히텐베르크류의 기사뿐만이 아니라 다른 유파의 기사에게도 큰 도움이 되었다. 바투르크 본인은 의도하지 않았던 장점인 셈이었다.

어찌 되었든 그 덕에 구유카르크 3형제, 그러니까 구유카르크, 몽카르크, 수부카르크 모두 탈각의 경지에 올랐다. 심지어 바투르크도 한 번 더 탈각의 경지에 올라, 당분간은 수명 걱정을 할 필요가 없게 되었다.

구유카르크 3형제는 돼지 한 마리의 완전한 신봉자가 되어, 바투르크의 양돈에 힘을 보태고 있었다. 기사단장 네 명이서 돼지치기에 몰두하는 건 그 광경만 보자면 웃기지만, 저것이 어떤 의미를 가지는지 아는 자라면 누구든 전율하리라.

어쨌든 구유카르크도 탈각의 경지에 올랐으니 더 이상 로렌이 피해 다닐 이유가 없어졌다. 라부아지에류의 극의도 배울 수 있게 된 것이다.

"그래도 나중으로 미루지만."

일단은 아보가르도류 기사도를 일정 수준 이상으로 올려놓는 게 우선 과제였다.

'수석 궁정 마법사직을 겸직하느라 시간이 부족한 것도 컸고.'

슬슬 궁정 마법사직도 반납하고 수석 자리도 베르테르에게 떠넘기고 싶은 마음이 굴뚝같지만 시기가 좋지 않았다. 받아먹은 게 있는데 그래도 최소한 1년은 더 봉사해야 하지 않겠는가.

"흠."

스케줄 표를 점검한 로렌은 다시 디셈버가 되어야 할 때가 되었음을 알았다. 명률의 힘이 그를 감싸 안아 인간의 모습에서 로어 엘프의 모습으로 바꿔놓았다.

일을 해야 할 시간이었다.

43장
그분들의 음모

로렌은 귀족과 하이어드를 다소 얕보고 있었다.

그야 그럴 만도 했다. 로렌 하트가 활약했던 시기에는 이미 귀족이 몰락하고 하이어드도 별 볼 일이 없었다. 하지만 그건 지금으로부터 100년 후의 시기고, 지금은 아직 그렇지 않았 다. 최후의 발악을 할 여력 정도는 남겨두고 있었다.

사회의 기득권층이란 자신들의 권리가 침해당한다고 생각 하면 대단히 쉽게 도덕률을 버린다. 이 중 가장 대표적인 것이 애국심이다.

하기야 각 영주들의 영지가 각각의 국가나 다름없는 이 시대에 애국심을 논하는 게 웃기기는 하지만, 왕실에 대한 충성이 실존하진 않더라도 누구나 다 가지고 있다고 믿는 시기였다.

그렇다. 다르키아 왕국의 하이어드는 이미 거의 힘을 잃었으나, 그들이 이미 쥐고 있던 자본까지 빼앗을 수는 없었다. 그리고 여기에 왕실의 행보에 불만을 품은 몇몇 영주가 가담하니, 이들이 하나의 세력이 되어 뭉치게 되었다.

이미 그들 세력은 왕실 마법사청의 궁정 마법사들에 의해 몇 차례 토벌되어 힘을 잃은 상태였지만, 그들은 방법을 찾아내었다.

바로 외부에 도움을 요청하는 것!

간단히 말해 매국이었다.

자신의 재산과 권력을 지키기 위해 나라야 얼마든지 팔아먹을 수 있다. 그렇게 생각하는 영주들은 생각보다 많았다. 그리고 이번이 바로 그래야 할 때였다. 적어도 그들은 그렇게 생각했다.

다른 국가들도 다르키아 왕국과 마찬가지로 봉건적 질서에 경도되어 있었으나, 공통의 이득에는 빠르게 헤쳐 모인다. 영주들도 그렇거니와 각국 왕실도 마찬가지였다.

연합은 금방 결성되었다. 그 면면은 마치 중세의 엘프 국가인 엘리시온 왕국을 토벌하기 위한 연합국과도 같았다. 마침 토벌 대상도 마법사들이다. 그야말로 중세 역사의 재림이었다.

이 정도로 큰 움직임이 있는데 로렌이라고 모를 수가 없었
다. 그건 다르키아 14세도 마찬가지였다. 선전포고는 아직 이
뤄지지 않았지만, 전쟁은 시작된 거나 마찬가지였다. 무슨 짓
을 하든 전쟁은 피할 수 없다. 모두가 그것을 직감적으로 깨
닫고 있었다.

*   *   *

로렌은 분명 방심했지만, 그것이 치명적인 빈틈으로 연결되
지는 않았다.

이미 왕실 마법사청과 궁정 마법사들은 왕실의 적들에게
공포의 대상이지만, 로렌은 지금보다도 더 효과적으로 반항하
는 영주들을 짓밟기 위해 노력해 왔기 때문이다.

어떻게 보면 내전용으로 준비하던 것이었는데, 국가 간의
전쟁에 쓰이게 되다니 아이러니도 이런 아이러니가 없다.

그중 대표적인 것이 왕국 전체에 깔아둔 정보 단체들이다.

하도 자주 암살 시도에 시달리다 보니, 로렌은 아예 다르키
아 왕국 내의 암살자 조직들을 발견하는 족족 복속시키거나
소멸시켰다. 처음엔 지지부진하던 사업이었지만, 뱀의 길은 뱀
이 더 잘 안다고 몇 개 조직을 흡수했더니 그 다음부터는 일
사천리로 진행되었다.

지금 시점에 다르키아 왕국 내에 알려진 암살자 조직은 사라지고 없다.

아직 로렌이 발견하지 못한 비밀 조직이 있을지도 모르지만, 그런 비밀 조직은 의뢰자도 못 찾는다. 암살자 조직이랍시고 있는 게 의뢰인들이 찾질 못해서 암살 의뢰를 못 받는다는 소리다. 그런 건 있어도 상관없으니 신경을 꺼버렸다.

그렇게 복속시킨 암살자 조직들을 정보 수집용 조직으로 바꿔놓았더니, 전국구로 노는 첩보 단체가 되어버렸다. 로렌은 방심해서 예측 못 한 영주들과 하이어드들의 배신이었지만, 정작 그가 그리 늦지 않게 정보를 입수할 수 있었던 이유가 이들의 존재 덕이었다.

히드라의 피.

로렌이 비공식적으로 소유한 첩보 단체의 명칭이었다. 그 전신은 로렌이 그레고리 남작령에 있을 때 썼던 정보 조직인 오우거의 피였다. 오우거의 피 전신이 오크의 피였던 걸 생각하면 나름 역사가 있는 단체명이라 할 수 있었다.

하기야 단체명은 그리 중요하지 않다. 어차피 다수의 하부 조직으로 이뤄져 있고, 하부 조직들은 다른 하부 조직들의 존재를 모르거나 적대시, 라이벌시하니까. 다소 변칙적인 점조직이라 해야 할까.

어쨌든 히드라의 피에서 올라온 첩보는 단순히 매국 행위가 일어날 가능성이 있다는 것에 그치지 않고, 누가 언제 어디서 어떻게 무엇을 왜? 까지 육하원칙을 채워서 올라왔다. 이 말인즉슨, 내부 배신자의 선별은 이미 끝났다는 소리였다.

"설마 루시아 대공까지 참여했을 줄이야."

로렌이 카탈루니아 대공령의 이권을 쓸어먹을 때 한 손 거들어주었던 루시아 대공의 이름도 매국 행위자 리스트에 실려 있었다.

"곤란한데."

무패를 자랑하는 궁정 마법사들이지만 대공급을 상대로 승리를 장담할 수는 없다. 이미 발레리에 대공을 잡은 적이 있긴 하지만 그땐 발레리에 대공이 심하게 방심해서 그랬던 거였고, 로렌도 대공을 잡기 위해 여러 기만책을 동원했었다.

하지만 왕실 마법사청을 상대로 방심해 줄 영주는 적어도 다르키아 왕국에는 없었다. 온갖 책략을 동원하면서 전력을 다하는 대공을 상대하는 건 위험하다. 아무리 마법사가 강하다 한들 마력은 한정되어 있고 숫자 앞에 장사 없으니까.

그것은 별의 영역에 들어서 마력의 자연 회복이 가능한 로렌이라 해도 예외가 아니다.

게다가 루시아 대공은 1년 전에 로렌과의 협상으로 로어 엘프를 해방시켰다. 그것으로도 모자라 마법사 대학을 세워 로어 엘프를 집중적으로 육성한 결과, 로렌의 제자들보다야 못

하나 상당히 수준이 높은 마법사 부대를 양성해 냈다고 한다.

충성심 강한 기사들도 모자라 대공을 은인으로 여기는 마법사들까지. 만약 궁정 마법사들이 토벌에 나선다면 그들은 목숨을 걸고 루시아 대공을 지키리라.

골치 아픈 상대가 아닐 수 없었다.

"아, 그냥 암살해 버릴까."

그것도 수라면 수다. 정면으로 붙는 건 힘들지만 암살은 쉬우니까.

루시아 대공 본인이 리처드 남작같이 본신의 힘이 괴물급에 달하는 이레귤러라는 소린 들은 적이 없다. 그런 정보는 히드라의 피를 통해서도 들어오지 않았다.

그러니 그냥 로렌 본인이 루시아 대공령에 숨어들어 가서 대공만 딱 죽이고 오면 된다.

스칼렛을 통한 공습과 명률법을 통한 은신. 이 두 가지 수단을 모두 동원한 로렌의 방문을 막아낼 수 있는 수단은 지금 시대엔 드문 데다, 로렌과 단독으로 맞서서 살아남을 인물도 드물다.

일단 루시아 대공을 죽이고 나서 히드라의 피가 조사해 온 문건을 공개하면 명분으로는 밀리지 않게 되리라. 매국노에겐 아무런 정당성이 없으니까. 아무리 다르키아 왕국이 입헌군주국이라도 이런 면에선 똑같다.

하지만 로렌은 그걸 마지막 수단으로 남겨놓았다.

암살이란 건 너무 극단적인 방법이다. 아무리 이쪽에 명분이 있다고 해도, 그 명분을 빛바래게 만들기에 충분한 수단이다. 중립으로 남은 귀족들조차 암살을 두려워한 나머지 적으로 돌아설 가능성이 있는 이상, 정말로 수단 방법을 가리지 말아야 할 때만 써야 했다.

다행히 다른 대공들에게는 별다른 움직임이 엿보이지 않았다. 사실상 허수아비나 다름없는 카탈루니아 대공은 뭘 하고 싶어도 못 하는 게 현실이고.

하긴 사회적으로 기득권층인 데다 왕실과도 원만해서 왕실 마법사청과 척질 일이 드문 그들이 체제 붕괴를 바랄 리 만무하다. 루시아 대공이 특이한 케이스라는 소리다.

"…일단 루시아 대공을 좀 만나봐야겠군."

시간이 없는 것도 사실이지만, 그렇다고 등 뒤에 적을 남겨둔 채 전쟁에 나설 수는 없다. 하루 정도는 시간을 낼 수도 있으리라. 아예 친분이 없는 상대도 아니고. 로렌의 신분으로 방문한다면 어느 정도 속을 떠볼 여지도 없진 않았다.

*　　　　*　　　　*

루시아 대공은 의외로 흔쾌히 로렌과의 접견을 응낙했다.

"로렌, 오랜만이군."

"아랫것의 이름을 기억해 주시니 황망할 따름입니다, 대공 전하."

"카탈루니아 대공령의 실세가 아랫것이라니, 말도 안 되는 소리. 그대의 이름은 기억하기에 충분하도다."

루시아 대공은 기품 있게 웃어 보였다. 그 인자한 표정은 도저히 음모를 꾸미고 있는 자의 표정으로는 보이지 않았다.

"그래, 무슨 일로 왔는가?"

당신이 꾸미고 있는 음모에 대해 알아보려고 왔습니다, 그렇게 말할 수야 없었다. 그렇다고 말문이 막히지는 않았다. 당연히 로렌은 이 질문에 대한 대답을 미리 준비해 왔다.

"제가 새로 벌이려는 사업이 있는데, 혹시나 투자하실 마음이 있으신지 여쭤보러 왔습니다."

"호호, 하이어드 엘프보다도 수완이 좋다고 유명한 그대의 사업이라. 듣기도 전에 투자하고 싶은 마음이 굴뚝같구나."

하지만 그럴 수 없겠지. 정말로 반란을 일으킬 생각이라면 지금쯤 전쟁 준비에 여념이 없을 테니까. 사업에 투자할 여력 따위 있을 리가 없다. 그런 의미에서 로렌의 이 제안은 다른 무엇보다 날카로운 질문 대신이 될 수 있었다.

"그 사업이란 게 무엇인고?"

루시아 대공은 정말로 흥미로운 듯 그렇게 질문을 던져왔다. 로렌은 정말로 사업을 할 것처럼 술술 이야기를 풀어나갔다. 루시아 대공에게 결코 손해가 될 수 없는 좋은 조건으로.

"그렇게까지… 그러면 그대가 손해를 보지 않는가?"

"선행 투자입니다. 손해라 볼 수 없지요."

"정말로 좋은 이야기로다."

루시아 대공은 고민에 빠진 표정을 지었다. 만약 저 표정마저 연기라면 루시아 대공은 영화배우에 딱 걸맞은 인재일 것이다. 이 세계에 영화는 아직 없지만 말이다.

다음 순간, 분위기가 일변했다.

"이 쥐새끼, 어디까지 알고 왔냐."

"예?"

루시아 대공이 박수를 두 번 쳤다. 그러자 커튼 뒤에 숨어 있던 친위 기사들이 튀어나왔다. 전원 기사단장급의 실력자들이다.

"흥, 왕실의 끄나풀이로군. 하긴 라퓐젤 자작령은 친왕파지. 그렇다곤 해도 이런 식으로 날 떠보려 오다니. 목숨이 아깝지 않은 건가? 너답지 않군. 실망했다, 로렌."

"이게 무슨……."

"잡아들여라. 죽이지는 말고."

루시아 대공은 콧방귀를 뀌며 친위 기사단에 명령을 내렸다. 그녀는 꽤 날카로운 편이었다. 지혜롭기도 하고. 유능한 영주라고 생각한다.

그저 로렌이 반칙을 한 것뿐이다.

검은 돌 주변에 흰 돌 네 개를 놓아 포위하면 그 검은 돌은 잡히는 게 정상이다. 누구도 검은 돌이 흰 돌 넷을 전부 제압할 것이라 생각하지 않는다.

불과 15세의 소년이 다섯 명의 기사단장을 단숨에 제압할 수 있으리라고 누가 생각할까?

사실 루시아 대공의 대응이 과했다. 상식적으로 기사 몇 명이면 충분했다. 다섯 명까지도 필요 없었다. 하지만 그래도 혹시 모르니 넘치게 준비한 것이다. 기사단장급으로 다섯 명! 작전에 참여한 기사단장들조차 과하다 할 정도의 대응이었다.

그러나 그 과한 대응조차 힘으로 꺾어 부러뜨려 버리니 루시아 대공에게 더 쓸 수는 남아 있지 않았다. 그녀의 잘못이 있다면 그저 로렌을 영지 안에 들인 것… 아니, 그조차도 잘못이 아니다.

잘못된 것이 있다면 로렌의 존재 그 자체였다.

"너, 넌! 아니, 당신은……!"

루시아 대공은 태도를 금방 바꿔 로렌을 높여 말했다. 로렌을 초월자라 직감한 것이리라. 그러한 그녀의 인식은 반은 맞았고 반은 틀렸다. 하지만 로렌은 굳이 그녀의 인식을 정정하려 들지 않았다.

"황공하옵니다, 대공 전하."

"…수석 궁정 마법사, 아니, 대마법사 각하."

아무래도 마법에 대해 잘 모르는 자들은 마법에 대해 과대 평가를 하는 경향이 있는 것 같았다. 루시아 대공은 과거 에드워드 백작과 같은 착각을 한 것 같았다.

디셈버가 마법으로 자신의 모습을 로렌으로 바꾼 것이라고 말이다.

"저는 라핀젤 자작 제1비서관 로렌입니다."

"그런 걸로 알겠습니다."

안 통한다.

'하긴 너무 눈 가리고 아웅인가.'

종족이 바뀌는 만큼 인상 자체는 완전히 달라지긴 하지만, 어쨌든 로렌과 디셈버는 동일 인물이 아닐까 싶을 정도로 닮았다. 실제로 동일 인물이기도 하고.

로렌과 디셈버의 얼굴을 둘 다 직접 본 사람이라면 디셈버가 마법을 통해 인간으로 분장했다고 망상할 만도 했다. 둘다 아는 사람이 드물긴 하지만 루시아 대공은 그 드문 인물중 하나였다.

"누추한 저희 영지에 어쩐 일로?"

"첩보가 들어왔습니다."

로렌은 바른 대로 말했다. 루시아 대공의 뺨에서 식은땀이

한 방울 주르륵 흘러내렸다.

"정보가 정말, 빠르시군요."

"인정도 빠르시고요."

그에 비해 로렌은 여유가 있었다. 적어도 이 자리에선 힘이 곧 여유나 다름없었다. 루시아 대공은 힘없이 대답했다.

"일이 이렇게 되었는데 숨겨 무엇 하겠습니까?"

로렌은 루시아 대공을 풀어주었다. 언제든 다시 제압할 수 있다는 자신감의 발로였다. 아니, 이미 확정 사실이었다. 루시아 대공의 생사여탈권은 완전히 로렌의 손안에 들어와 있었다.

"저는 라퓐젤 자작 제1비서관 로렌이라서 반역죄를 저지른 죄인이라 한들 즉결 처형을 할 권한 같은 건 갖고 있지 않습니다."

그럼에도 불구하고 로렌은 그렇게 너스레를 떨었다. 그 너스레를 받아주지도 않을 만큼 눈치가 없는 루시아 대공도 아니었다. 그녀는 부드럽게 미소 지으며 대답했다.

"떨어진 목이 도로 붙은 것 같군요."

여유 있는 척 연기했지만, 지금 와서 늦은 일이었다. 로렌은 고개를 저었다.

"모르는 일이지요."

"어찌할 바를 모르겠습니다."

그 시점에서 로렌은 루시아 대공이 꽤나 대화할 만한 상대라 생각했다.

"어떤 생각으로?"

길게 물을 필요는 없었다.

"깁니다."

그러나 그 짧은 질문에 대한 답은 꽤 긴 모양이었다. 다행이게도 로렌에게는 긴 대답을 들을 시간이 있었다.

"듣겠습니다."

"알겠습니다."

루시아 대공은 더 이상 저항하지 않고 입을 열었다.

*   *   *

"각하께서는 귀족들이 모두 인간인 것에 대해 의구심을 느껴본 적이 있습니까?"

루시아 대공의 이야기는 상당히 뜬금없었다. 하지만 로렌은 잠자코 듣기로 이미 결정했다. 그러므로 얌전히 그녀의 질문에 대답해 주었다.

"없습니다."

지난 생의 로렌 하트가 권력을 쥐었을 때는 이미 귀족들은 실각하고 마법사들이 실권을 쥔 시대였다. 귀족들에 대해 크게 신경 쓸 이유가 없었다. 그러니 그들이 모두 인간인 것에 대해서도 이상하게 여길 이유 또한 없었다.

'듣고 보니 이상하군.'

"이제는 이상하게 여기시는 것 같군요."

루시아 대공은 로렌의 생각을 간파하기라도 한 듯 말했다.
사실 별로 표정을 숨길 마음도 없었던지라, 로렌은 그냥 고개
를 끄덕여 주었다.

"그것이 대공께서 다른 마음을 품게 되신 것과 관계가 있습
니까?"

"그렇습니다. 왜냐하면 이번 일도 그분들과 관계가 있는 일
이니까요."

그분들?

로렌은 고개를 갸웃거렸다.

"귀족 신분을 인간에게만 주자고 결정하신 분들입니다."

"……!"

놀라운 이야기였다. 다른 무엇보다 놀라운 점은 로렌이 이
이야기를 지금 처음 알게 되었다는 점이었다.

귀족 신분을 인간에게만 주자고 결정했다, 라.

'그 정도로 초국가적인 권력을 가진 조직이 로렌 하트의 시
대에 있었나?'

아니, 없었다.

루시아 대공은 로렌에게 생각에 필요한 시간을 충분히 주

었기 때문에, 로렌은 로렌 하트 시절에 대해 고찰할 시간을 얻을 수 있었다.

로렌이 고찰해야 하는 명제는 이러했다.

'그 정체불명의 조직이 등장한 것이 내가 역사를 바꾼 탓인가?'

로렌 하트, 대마법사이자 시대의 실세였던 자가 그러한 초월적인 조직의 존재 자체를 몰랐다는 건 이해가 되지 않는다.

하지만 로렌 하트가 대마법사가 되는 건 앞으로 100년 뒤의 일이다. 로렌 하트가 역사의 전면에 등장한 후에 그 조직이 사라졌을 가능성은 충분히 있다.

'아니, 이것도 이상한데.'

그런 초월적인 조직이 100년 만에 사라진다, 라? 그것도 역사에는 아무런 기록도 남기지 않고? 보통 권력을 쥔 자들은 그 자리를 유지하려고 온갖 수를 다 쓴다. 그 온갖 수에 역사의 전면에 드러나는 선택지도 많았을 게 분명하다.

'가설로서 적절치 않군.'

지난 생애에도 귀족은 인간뿐이었다. 하지만 그것만으로는 그 '결정'을 내린 조직이 로렌 하트의 시대에도 있었다고 판단하기엔 논거로서 부족하다.

논거가 더 필요하다. 그렇게 결정을 내린 뒤, 로렌은 눈을 들어 루시아 대공을 보았다. 그것이 이야기를 계속하라는 신호란 걸 알아들은 대공은 입술을 떼었다.

"각하께서도 아시겠지만, 재작년에 그분들께서 다르키아 왕국을 주시하실 만한 일이 일어났었습니다."

"라핀젤 자작이로군요."

라핀젤 자작의 등장. 웰시 엘프가 귀족 위를 얻게 되었다. 로렌이야 존재조차 모르는 조직이지만, 인간만 귀족을 시키리라 정해둔 그들이 보기엔 꽤나 기껍지 못한 일이었으리라.

"그렇습니다, 각하."

루시아 대공은 고개를 끄덕여 로렌의 추측을 긍정했다.

"그리고 사실 그것뿐만은 아니었지요. 라핀젤 자작은 로어엘프를 해방시키고 오크에게 기사 서임을 내렸죠. 이건 그냥두고 넘길 일이 아니었습니다."

그 이야기를 들은 로렌은 문득 가슴속에 서늘함이 느껴졌다.

"…이야기를 끊어서 죄송합니다만, 설마 발레리에 대공이바투르크 경을 해임한 이유가……."

"예, 그분들의 뜻이었습니다."

루시아 대공은 간단하리만치 로렌의 가설을 긍정해 버렸다.

"발레리에 대공이 라핀젤 자작령을 침공한 것도 같은 이유였습니다. 그분들의 지시였죠."

"…그런 흔적은 발견하지 못했는데요."

발레리에 대공은 변경 지역의 왕이었다. 그 누구도 침범할 수 없는 영역의 절대자. 다르키아 국왕조차 그에게 명령을 내릴 수는 없다.

그랬던 그가 누군가의 지시를 받아 그걸 이행했다고?

믿어지지 않는 일이다.

더군다나 로렌은 지금 다르키아 왕국 최대의 정보 조직인 '히드라의 피'의 주인이었다. 조직이 모아들이는 정보는 최신의 것만이 아니었다. 당연하게도 과거의 것도 다루었다.

히드라의 피가 수집한 발레리에 대공의 정보에 그가 누군가의 지시를 받아 움직였다는 언급은 없었다. 그랬던 정황도 없었고.

"문서나 인편, 목격자 같은 것 말입니까? 그런 건 없습니다."

로렌이 할 말을 미리 예상한 것처럼 루시아 대공은 그렇게 말했다. 흔적이 없는 게 당연하다고 말이다.

"그분들의 지시는 특별한 방법으로 내려오니까요."

"특별한 방법이… 뭡니까?"

알 수 없는 불길함을 느끼면서도, 로렌은 질문을 멈추지 못했다.

"신탁입니다."

신탁?

로렌은 고개를 갸웃거렸다. 낯선 단어였다. 적어도 이 세계에선 그랬다.

"그게 무슨……."

"각하께서는 신탁을 받으신 적이 없습니까?"

로렌의 당황해하는 반응에 루시아 대공 측이 도리어 놀라 그렇게 되물어왔다.

"저는 각하께서 그분들께 '축복받은 자'인 줄 알았는데요."

신탁. 축복받은 자. 이 두 단어에서 느껴지는 공통점은 하나뿐이다.

신.

'신이라고?'

로렌이라고 신이라는 단어를 모르지는 않는다. 그러나 적어도 이 세계에서 신이라는 존재는 말 그대로 신화의 영역이다.

용의 연대 이전에 있었다고 전해지는 신의 연대, 그 시기에 이 세계를 통치하는 존재는 신이었다고 한다. 쉽게 믿을 수 없는 이야기다. 드래곤의 존재야 고고학적으로 증명되었지만, 신은 그렇지 않다. 고고학적 근거라고는 없는 말 그대로 이야기일 뿐이다.

용의 연대 이전에도 역사가 존재했다는 증거물이야 있다. 엘리시온의 경이. 그 기물이 신의 연대에 신에 의해 만들어졌다고 신화로서 전해진다.

하지만 신화는 신화일 뿐, 그게 신이 존재한다는 증거로 이어지지는 않는다. 지구에만도 신화는 1,000종류가 넘게 있다.

어떤 신을 다루는 신화가 존재한다고, 그 신이 정말로 지구상에 존재했다고 믿을 수 있는가?

아니, 없다.

엘리시온의 경이는 용의 연대 이전 시기에 만들어졌다. 그 신화로 알 수 있는 건 오로지 이 명제뿐이며, 이 명제조차 참인지 거짓인지 불분명하다.

거기에 더해서, 신화에 따르자면 신들은 용들의 반역에 의해 모두 살해당했다고 한다. 지금 이 세계에 신이 존재하지 않는 이유가 그것이라고 신화는 전한다.

그런데 지금 와서 신탁에 축복이라?

로렌의 표정이 굳는 것도 무리는 아니었다.

"각하께서 얻으신 공능(功能)은 실로 비정상적입니다. 각하께서는 아직 100살도 안 되셨지 않습니까? 그분들의 축복도 없이 이 짧은 시간에 그 수준까지 이르는 것은 불가능합니다."

루시아 대공이 로렌의 능력을 어떻게 평가한 건지는 잘 모르겠지만, 또한 아마도 그 평가에는 추측과 편견으로 인한 착각이 상당히 섞여 있겠지만 그녀의 말 자체는 틀린 구석이 없었다. 마법만 보더라도 100년 후의 로렌 하트를 추월했다. 거기다 마법만 익힌 것도 아니다.

그렇기에 루시아 대공은 로렌을 '축복받은 자'라고 생각했다.

대공이 너무 갑작스럽게 태도를 바꿔 순순해진 것도 이상

하게 생각했지만, 그런 착각이 있었기 때문이었음을 로렌은
뒤늦게 알았다.

"'그분들'이란… 대체 뭡니까?"

로렌의 말을 들은 루시아 대공의 표정에 두려움이 갑작스럽
게 떠올랐다. 로렌에 대한 두려움은 물론 아니었다. 로렌은 이
자리에서 바로 그녀의 목을 꺾어 죽일 수 있는 존재임에도, 그
런 로렌보다도 '그분들'을 두려워하는 것 같은 루시아 대공의
반응은 퍽 인상적이었다.

"'그분들'은 '그분들'입니다. 더 이상의 표현은 존재하지 않습
니다."

'모른다'기보다는 '말할 수 없다'에 가까운 반응이다. 언급하
는 것 자체를 두려워하는 것처럼도 보인다. 로렌은 이에 대해
더 질문해 봐야 얻을 게 없음을 직감적으로 깨달았다.

루시아 대공은 로렌은커녕 죽음보다도 더 '그분들'을 두려워
하고 있다. 어떤 고문을 해도 루시아 대공은 입을 열지 않으
리라.

그보다 로렌은 루시아 대공의 대답이 의외였다.

'신이 아니라고?'

신탁이니 축복이니 신을 연상하게 만드는 단어를 잔뜩 말
해놓고 정작 신은 아니라니. 이상한 이야기다.

'어쨌든.'

로렌은 신탁 같은 걸 받은 적도 없고, 축복받은 자도 아니다. 그가 이 어린 나이에 불가능해 보이는 능력을 얻고 업적을 쌓은 건 어디까지나 이번이 '두 번째'이기 때문이다.

로렌 하트의 기억 속에도 신탁 같은 걸 받았다거나 축복을 받았다거나 하는 일은 없었다.

로렌은 '그분들'과 접촉한 적이 없다.

그런데 루시아 대공은 로렌을 보고 '축복받은 자'라 말했다. 본인이 아니라는 데도 말이다.

"신탁과 축복을 받은 이들 중에는 자각자와 무자각자가 있습니다."

루시아 대공의 이야기는 갑작스럽게 이어졌다. 아니, 사실 그리 갑작스러운 것이 아닐 터였다. 로렌이 생각에 너무 깊이 빠져 있었던 탓이다. 어떻게 루시아 대공의 이야기를 철저하게 반박해 줄까 생각하다 보니 시간이 좀 길어져 있었다.

"발레리에 대공이 대표적인 무자각자입니다."

발레리에 대공이? 로렌은 루시아 대공의 이야기에 집중했다.

"그는 자신이 왜 오크 기사를 해임했는지, 왜 라핀젤 자작령을 침공했는지도 모른 채로 모든 것을 행했을 것입니다. 그가 이러한 일련의 행동을 한 건 당연히 신탁을 받았기 때문일 테지만, 그에게는 신탁을 받았다는 기억 자체가 없었을 겁니다."

'그래서 내가 그 무자각자라는 건가?'

로렌은 루시아 대공에게 그렇게 비꼬고 싶은 걸 참아내었다. 루시아 대공의 이야기를 다 믿는 건 아니었지만, 적어도 그녀에게 거짓말을 하는 기색은 없어 보였다.

즉, 루시아 대공을 이러한 극단적인 행동으로 내몬 주체가 그 '그분들'이라는 것에는 변함이 없었다. 그녀에게서 들을 수 있는 '그분들'에 대한 정보 또한 귀중하다는 이야기다. 끌어낼 수 있는 정보는 다 끌어내는 게 맞았다.

"저는 자각자입니다. 제가 자각자가 된 건 제 행동의 모순점을 찾아내었기 때문입니다. 저는 논리적으로 제 행동의 이유를 찾아내었고, '그분들'의 개입이 있었음을 밝혀내었죠. 그 순간 저는 제가 신탁을 받고 그것을 행하여 축복을 받았다는 것을 깨닫고 기억이 되살아났습니다. 그러자 그분들께서 제게 신탁을 내려주셨습니다."

루시아 대공은 다소 자랑스러운 기색을 드러내며 그렇게 말했다. 도중부터는 무슨 신앙 간증처럼 되어버렸지만, 로렌은 굳이 그 점을 짚지 않았다. 그편이 정보를 끌어내는 데 더 괜찮을 테니까.

그건 그렇다 치지만, 만약 루시아 대공이 말해준 이 모든 이야기가 누가 어떤 의도하에 만들어낸 이야기라면 참 잘 만들어낸 이야기라 평가할 수 있었다. 실제로 루시아 대공이 꺼낸 무자각자의 존재로 로렌의 반론은 꽤 많은 부분이 막혀 버렸으니까.

'그저 모호함 속으로 도망쳐 들어간 것 같아 보이기도 하지만.'

애초에 종교 담론이란 게 그렇다. 순환 논증도 예사로 하니 말이다.

'뭐, 용도 있고 마법도 있고 초능력도 있는 세계다.'

로렌은 자신이 지나치게 신의 부재 증명에만 신경 썼다는 것을 깨닫고, 조금 더 열린 마음으로 루시아 대공의 이야기를 받아들여 보기로 했다. 어쨌든 여긴 지구가 아니다. 지구인의 사고방식으로만 이해하려고 들 필요는 없었다.

그러니 만약 '그분들'의 존재를 믿는다면 이런 결론을 내릴 수 있게 된다.

'그분들'은 자신들이 '신탁'을 내린 대상의 기억을 지우는 것이 가능하다. 그리고 '무자각자'는 그 기억이 지워진 채로 신탁의 내용에 따라 움직인다.

이게 사실이라면 '그분들'은 정말로 무서운 존재다. 자신들의 존재를 숨긴 채 인세(人世)의 역사를 마음대로 뒤바꿔댈 수 있다는 뜻이니까.

다행이라 해야 할까, 아무래도 '그분들'이 대상자의 모든 기억을 아무렇게나 조작하거나 삭제할 수 있다는 이야기는 아닌 것 같았다.

루시아 대공 같은 '자각자'가 그 방증이다.

만약 로렌이 '그분들'이라면 그냥 루시아 대공의 기억을 삭제하거나 변조시켜서 다시 '그분들'에 대해 모르도록 만들어 버릴 테니까. 그러지 않았다는 건 그것이 불가능하거나, 그러지 않을 만한 이유가 따로 있다는 이야기가 된다.

"그럼 저도 자각자가 될 수 있는 겁니까?"

로렌이 자신의 이야기를 믿는 기색을 보이자, 루시아 대공은 확 밝아진 얼굴로 대답했다.

"각하께서 신탁을 받으셨다면, 될 수 있을 겁니다."

당연하게도 로렌의 기억에는 신탁을 받은 기억이 없다. 그러나 루시아 대공처럼 묘하게 기억에서 빈 곳이나 정합성이 맞지 않는 곳이 존재한다면 그 기억을 의심스럽게 여기는 과정에서 자각자가 될 수 있는 듯했다.

재미있는 이야기이기에 다음에 하루쯤 시간을 내서 기억을 되새겨 보기로 하고, 로렌은 다음 의문을 내어보기로 했다.

"대공께서는 어째서 신탁에 따르기로 마음을 먹게 되셨습니까?"

"그건 간단합니다. 축복을 받기 위해서입니다."

알기 쉬운 이야기였다. 보상이 있다면 인간은 움직인다.

"축복받은 자는 신탁을 따랐기에 축복을 받게 된 겁니다. 저야 모르고 각하 본인께서도 무자각자이기에 전혀 모르시겠지만, 아마도 각하께서 그 정도 공능을 얻기 위해서는 적어도 10회 이상의 신탁을 실현시키셨을 겁니다."

그 루시아 대공의 추측은 아마도 틀렸다. 로렌의 공능은 전생을 되풀이하는 것에서 얻어진 쪽이 더 크니까. 하지만 만약 로렌 하트가 무자각자였다면 그럴 듯한 이야기가 될지도 모른다.

"그렇다면 대공 전하, 대공 전하께서는 어떤……?"

루시아 대공은 질문을 끝까지 듣지도 않고 고혹적으로 웃었다.

"각하, 제 나이가 몇 살쯤으로 보이십니까?"

30세.

그리고 로렌이 데이터로서 기억하고 있는 루시아 대공의 나이는 올해로 67세였다.

'지난번엔 좀 더 늙어 보였지.'

루시아 대공이 신탁을 받고 그대로 행하여 받은 축복이란 게 뭔지는 명확했다.

기억을 되새겨 보니, 루시아 대공은 만날 때마다 조금씩 젊어졌었다. 적어도 눈으로 보기에는 말이다.

그 변화가 점진적이었기에 만나자마자 바로 알아차리지는

못했고, 별로 중요한 정보가 아니라 판단했기에 금방 관심을 꺼두었었지만, 한번 신경 쓰기 시작하니 이만큼 부자연스러운 일이 세상에 또 있을까 싶었다.

물론 축복 외에도 젊어지는 방법이 존재하기는 한다. 기사도에서 말하는 탈각의 경지에 오르면 신체 나이가 기사도를 펼치기에 적절한 연령에 가까워진다.

그렇다곤 하지만 루시아 대공에게서는 일체의 공력이 느껴지지 않는다.

'아니, 이것만으로는 아직 단정할 수 없지.'

로렌이 모르는 젊어지는 방법은 또 있을 수 있다. 하나가 있으니 다른 게 있어도 이상하지 않다. 그리고 루시아 대공이 '무자각적으로' 그 방법을 실현했을 수도 있다.

'좀 억지인가?'

그렇다고 여기서 '그분들'의 존재를 확 믿어버리는 것도 왠지 기껍지는 않았다. 그렇기에 로렌은 또 다른 질문을 루시아 대공에게 던졌다.

"하지만 대공 전하, 그러하시다면 제가 카탈루니아 대공을 상대로 협상할 때 어째서 절 도우셨습니까? '그분들'이 라푼젤 자작을 기껍지 않게 여긴다면, 라푼젤 자작을 주인으로 섬기는 절 도우시면 안 되는 것 아닙니까?"

로렌의 질문에 루시아 대공은 잠시 생각에 잠겼다. 어떻게 대답해야 할지 모르는 것이 아니라, 어디까지 대답해야 하는지 고민하는 것 같은 눈치였다.

이윽고 루시아 대공이 입을 열었다.

"제가 '그분들'이라고 했잖습니까?"

그 되물음이 바로 대답이었다. 그리고 그 대답으로 충분했다. 로렌은 이해했다.

즉, '그분들'이 '다' 라핀젤 자작을 고깝게 보는 것은 아니라는 뜻이다. 그들은 다수이며, 의견은 통일되어 있지 않다. 일부는 라핀젤 자작 편을 들어주고 있고, 그들이 다수파는 아니지만 반대파를 견제할 수 있을 만한 세력은 있는 모양이었다.

'지나치게 추측으로만 판단하는 것도 안 좋지.'

확실한 건 '그분들'은 '다수'다. 지금 단정적으로 내릴 수 있는 결론은 그것뿐이었다.

'흠.'

로렌은 루시아 대공에게 해야 할 다음 질문을 정했다.

"그렇다면 '이번'에는 '그쪽' 차례인 거로군요."

선문답 같은 질문이지만 이걸로 충분할 터였다. 그리고 로렌의 그러한 추측은 맞아떨어졌다.

"네, 그렇습니다."

이야기가 상당히 간단해졌다. '이번'에 한 번 막아내면 당분간은 '그분들'의 개입을 걱정하지 않아도 된다는 소리다. 아직 이해가 가지 않는 부분과 불안한 부분은 많이 남아 있지만, 지금 당장 중요한 건 그거였다.

로렌은 더욱 사고(思考)를 심플하게 하기로 마음먹었다.

'그분들'이 실존하든 안 하든, 신이든 아니든 관계없다. 어쨌든 '그분들'에 의해 움직이는 세력이 있고, 이번에는 적으로 등장한다. 그 정도면 충분했다.

"말씀 감사합니다, 대공 전하."

"별말씀을. 도움이 되었다면 좋겠군요."

"아, '저는 아무것도 모릅니다', 그리고 '앞으로 더 드러나는 증거가 없다면 아마 왕실 마법사청은 움직이지 않을 겁니다' 어떻습니까?"

로렌이 한 말을 잘 풀어 설명하자면 이렇다.

이제까지 루시아 대공이 해온 반역 행위에 대해서 죄를 묻지 않고, 이쯤해서 그만둔다면 불문에 부치겠다는 이야기다.

사실 로렌 입장에서도 디셈버 입장에서도 상대가 대공급 정도가 되면 껄끄럽다. 처형을 위해 대대적인 내전을 벌이거나 암살 같은 극단적인 수를 써야 하는데, 이렇게 해버리면 이쪽에서도 잃는 게 너무 많아진다.

이야기의 대가로 지불하는 척, 이대로 입 닦고 넘어가는 게 서로를 위한 길이었다.

"…좋습니다."

루시아 대공의 표정이 약간 굳었지만, 어쨌든 그녀는 고개를 끄덕였다. 다 알아들은 모양이었다. 로렌의 진의부터 계산까지 말이다. 그녀는 아쉬운 듯 한숨을 내쉬었다.

"저는 이제 앞으로 축복을 받을 수 없겠군요."

이제? 앞으로?

로렌은 의미심장한 루시아 대공의 말에 되묻지 않을 수가 없었다. 실제로 되물을 필요는 없었다. 시선만으로 충분했다.

"한 번 신탁을 실패하면 다시는 다음 기회가 찾아오지 않습니다. 저는 이번 신탁을 따르는 것이 이미 불가능해졌으니, 이제 축복을 받지 못하게 되겠지요."

루시아 대공은 자신의 어깨를 주물럭거렸다.

"안 그래도 점점 신탁을 따르는 것이 힘겨워지고 있던 참입니다. 실제로 이번에는 실패했고요. 이쯤해서 '자연스러워'지는 게 이치에 맞는 것일지도 모르지요."

"…그렇군요."

한 번 신탁을 이행하는 데 실패하면 다음은 없다.

이 증언이 거짓일 가능성도 충분하다. 사실은 다시 신탁을 받을 수 있고, 다음에는 로렌 몰래 신탁을 이행해 축복을 받으려고 할 수도 있다.

그러니 루시아 대공은 앞으로도 히드라의 피에 의해 감시당할 것이다.

당연한 수순이었다. 대공도 알고 있을 테고 말이다.

"그 대답을 들은 것만으로 만족하겠습니다."

로렌은 이빨을 드러내어 보이며 위협적으로 웃었다.

44장
큰 힘에는 큰 책임이 따른다

전쟁 준비에 지나칠 정도로 바쁜 로렌이 하루를 통으로 빼는 건 불가능에 가까운 일이었다. 하지만 하루까지도 필요 없었다. 그는 금방 '빈' 기억에 대해 찾아낼 수 있었기 때문이다.

로렌 하트로서 최후를 맞이하기 직전에, 그는 분명히 뭔가 했다. 그리고 지구에 환생하게 된다. 그러나 그 '뭔가'에 대한 기억이 전혀 없다.

한 가지 더.

로렌 하트는 로어 엘프였다. 그러니 인간 김진우로서 전생 회귀의 주문을 사용했다고 한들, 로어 엘프로 돌아오는 게 정상이다. 그런데 지금의 로렌은 인간이다.

뭐가 원인이라서 발생한 변수일까? 전생 회귀의 주문은 그때 처음 쓰는 거였고, 새로 개발해 낸 주문에 생각지도 못한 변수가 끼어드는 건 당연하다시피 한 일이다. 생각해 봐야 별 의미 없을 것 같아서 굳이 고찰하지 않았지만, 분명 이상한 일이다.

혹시나 여기에도 '그분들'의 의지가 끼어든 게 아닐까?

"흠."

그렇게 두 개의 의문을 떠올렸는데도 로렌은 빈 기억이 다시 채워지는 경험을 하지 못했다. '그분들'의 신탁 또한 내려오지 않았다.

루시아 대공의 말에 따르면 의문을 떠올리자마자 기억을 되찾음과 동시에 신탁이 내려왔다고 하던데, 그녀가 거짓말을 한 게 아니라면 뭔가 조건을 더 만족시켜야 하는 걸까?

"…나중으로 미루자."

이런저런 변수를 다 따져보고 조건을 맞춰보기엔 시간도 없었고 상황도 급박했다. 지금은 디셈버의 신분으로 열심히 돌아다녀야 할 시기였다. 매국 행위를 저지른 영주나 하이어드의 뒤를 캐고 증거를 찾고 처형시켜 그 재산을 환수해야 했다.

다르키아 14세가 직접 귀족들에게 나라를 지키기 위한 군대를 빌려달라고 '부탁'하긴 했어도, 귀족들만 믿고 앉아 있을 수는 없었다. 왕실은 왕실대로 돈과 물자를 모으고 싸울 준비를 해야 했다.

이 전쟁은 왕실이 정당하게 군대를 소집할 수 있는 좋은 명분이었다. 다르키아 14세는 이럴 때 최대한 무장을 하고자 했다. 아마도 다르키아 14세의 이런 성향이 지난 생의 그를 죽음으로 내몰았을 것이다.

중앙정부도 최대한 다르키아 14세에게 협조하고 있었다. 비상시니만큼 중앙정부도 중앙정부군의 모병을 허용받았다. 정부군의 통솔 자체는 정부 소속의 장군이 맡겠지만, 이 또한 차후 '중앙의 힘'이 되리라.

현재의 중앙정부가 고위 귀족의 꼭두각시로 전락한 실권 없는 허수아비라지만, 힘을 가지게 되면 이야기는 달라진다. 힘을 기른 중앙정부가 나중에야 중앙 권력을 놓고 왕과 대립할지 몰라도 지방 영주가 지방의 왕이나 다름없는 지금은 오월동주(吳越同舟)다. 중앙정부도 중앙집권체제로의 전환에 도움을 주긴 할 것이다.

나중 일을 도외시한다면 일단은 좋은 일이다.

전장으로 전락할 영지의 영주들과 영지민들에게는 참사도 이런 대참사도 없겠지만, 결국 누군가는 이득을 본다. 그리고 눈앞의 이득은 왕실과 중앙정부가 보는 셈이다.

적군이 왕도 다르키아델까지 쳐들어오게 된다면 왕실로서도 더 이상 남 일이 아니게 되겠지만, 지금 당장은 다르키아

14세의 입이 귀에 걸렸다. 이게 타국의 침략을 앞둔 군주가 지을 표정인가 싶을 정도로 노골적이었다.

하긴 지구 중세의 프랑스도 백년전쟁을 계기로 중앙집권을 이룩하고 전제 왕정의 시대를 열었으니, 다르키아 14세도 그걸 노리는지도 모를 일이다. 다르키아 14세가 지구의 역사를 알 리 만무하지만 맥락은 같았다.

하지만 그것도 승리를 한 뒤에나 생각할 일이다. 잔 다르크 등장 전에 프랑스 왕은 대관식도 못한 채 빌빌대고 있었으니. 다르키아 왕국이 그렇게 되지 말라는 보장이 없었다.

로렌은 잔 다르크가 될 생각이 없었지만, 다르키아 왕국이 멸망한다면 그도 곤란해지니 만큼 싸울 수밖에 없었다.

"골치가 아파졌군."

이미 역사가 바뀌었다. 로렌 하트의 역사에는 등장한 적이 없었던 '축복받은 자'까지 나왔다. 대마법사의 직까지 오른 로렌 하트가 그런 존재의 등장을 아예 인지조차 못할 리는 없었다. 로렌으로서의 이번 생애에 큰 이변이 생겼다고 보는 게 맞았다.

'그리고 그 원인은 아마도 라핀젤이겠지.'

지난 생애와 이번 생애의 가장 큰 차이점은 역시 라핀젤의 생사였다. 이로 인해 역사가 크게 바뀌었다. 지난 생애에는 역사를 되도록 건드리지 않으려고 하던 '그분들'이 이번에는 적극적으로 개입할 가능성도 적지는 않았다.

'그분들'이 라핀젤 자작을 고깝지 않게 생각한다는 소리도 루시아 대공에게 들었다. '그분들' 중 일부는 라핀젤에 대해 호감을 갖고 있다고는 하지만 이번에는 편을 들어주지 않을 것이고 말이다.

루시아 대공이 헛소리를 한 게 아니라면 '신탁'을 받은 '축복 받은 자'들이 라핀젤 자작령을 쓸어버리러 올 것이다.

루시아 대공은 젊어지는 축복을 받았다지만, 다른 축복받은 자들이 어떤 축복을 받았을지는 모를 일이다. 루시아 대공은 로렌을 보고 축복받은 자라 생각했다. 15세의 나이로 기사단장 다섯 명을 순식간에 제압한 로렌을 보고 말이다.

'이건 즉… 나만큼 강한 자가 또 나올지도 모른다는 소리지.'

'축복'은 60대의 노인을 30대로 보이게 만들 정도의 능력을 가졌다. 이 정도의 축복이 만약 '강함'에 영향을 끼치면 어떻게 될까?

'어쩌면 리처드 남작 같은 존재가 등장할지도 모르겠군.'

로렌은 자신이 상상할 수 있는 가장 괴물 같은 남자의 얼굴을 떠올리며 고개를 저었다. 리처드 남작보다도 강한 존재가 등장할 수도 있다는 가설은 그냥 저리 치워두었다. 그건 그다지 상상하고 싶지 않은 가설이었다.

'하지만 나는 상상해야 하지.'

신탁이란 게 뭐고 축복이란 게 뭔지 정확하게 모르는 이상,

모든 경우의 수를 떠올리는 건 불가능했다. 무조건부로 그냥 강해지기만 하는 거라면, 루시아 대공이 벌써 로렌을 쓰러뜨렸을 테니 분명 조건이 있긴 할 것이다.

'너무 긍정적인가.'

로렌은 머리를 흔들어 좋은 방향으로 돌아가려는 자신의 사고를 다른 방향으로 돌렸다. 하지만 지나치게 부정적이 되어서도 안 된다. 그렇게 생각하면 절대 이길 수 없는 전쟁이 될 테니까.

'리처드 남작이 구름 떼처럼 몰려오면 일단 난 죽겠지.'

어쩌면 세상이 멸망할지도 모른다. 하지만 그런 일은 일어나지 않을 터였다. 그리고 그것은 너무 터무니없는 상상이었다. 터무니없는 상상이어야 했고 말이다.

그렇다고 보수적으로라도 이런저런 변수를 다 따지고 보면 역시 쉬이 승리를 생각할 수 있는 전쟁은 아니었다.

'변수가 너무 많아. 역사도 너무 많이 달라졌고.'

이것도 '그분들' 탓인가. 생각했다가 금방 머릿속에서 내쫓았다.

생각해 봐야 소용없는 일은 생각하지 않는다. 로렌이 전생(全生)토록 가져온 대원칙이다.

뭐가 오든 그저 최선을 다할 뿐이다.

로렌은 다시금 마음을 다져먹었다.

＊　　　＊　　　＊

어차피 전쟁은 피할 수 없었고, 결국 일어날 전쟁은 일어났다.

국가 간의 전쟁이었기 때문에 정식으로 선전포고문이 오갔다. 아무리 국제법이 유명무실하다지만 기습 한번 하자고 내어준 명분이 어디서 어떻게 작용할지 모르는 이상, 이런 절차는 의외로 잘 지켜지는 편이었다.

다르키아 왕국에 선전포고문을 던진 두 국가는 레뮬로스 왕국과 도이힐 영주 연합. 후자는 엄밀히 이야기하면 단일국가가 아니지만, 전황과는 크게 상관없는 문제다.

다르키아 왕국은 이 두 국가를 상대로 단독으로 싸워야 하며 다른 동맹은 없다.

실로 다행한 일이었다.

왕국 내의 반란분자들에게 호응한 국가는 더 많았으나, 지금 당장 군대를 일으키려 든 국가가 위의 두 국가뿐이었다. 다른 국가들의 수뇌부에도 정보원이 있으니, 다르키아의 궁정 마법사들이 쉬운 상대가 아니라는 건 이미 파악했을 터였다.

전쟁은 쉽게 일으키는 것이 아니다. 확실한 승산이 있을 때만 일으키는 것이다. 이런 점에 있어서는 레뮬로스 왕국과 도이힐 영주 연합이 다소 성급한 면이 있다고 평할 수 있으리라.

하지만 만약 다르키아 왕국이 생각 외로 쉽게 무너진다면, 다른 국가들도 한 입이라도 뜯어먹기 위해 달려들 것이 빤했다. 확실한 승리만큼 좋은 것이 없으니 말이다.

그런 의미에서는 초전이 가장 중요했다.

기사가 가장 좋은 대우를 받는 다르키아 왕국과 달리, 레뮬로스 왕국의 주력 병종은 보병이다. 문제는 그 보병이 워 오우거가 이끄는 보병대라는 점이다.

워 오우거들은 선천적으로 큰 덩치와 강력한 힘을 타고 나는 종족으로, 천성적인 전사이자 지휘관들이었다. 그래봐야 마법에 취약해서 궁정 마법사들이라면 쉽게 처치할 수 있지만, 문제는 궁정 마법사들의 수는 한정되어 있고 워 오우거 백부장들은 각기 일백의 병력을 끌고 여기저기 흩어져 있다는 점이었다.

워 오우거는 단독으로도 강력하지만 무엇보다 위협적인 면모는 특유의 전술 지휘 능력이었다. 워 오우거의 지휘 아래에선 신병들조차 고참병처럼 싸우고, 고참병들은 정예병처럼 싸운다. 같은 보병대끼리 붙여놓으면 상대가 되지 않는다.

그렇다고 도이힐 영주 연합이 편한 상대는 아니다. 도이힐 영주 연합에는 란체 드워프 용병들이 있다. 탈란델은 물론이고 로렌도 대장장이 일 버리고 한다는 게 용병이냐고 란체 드워프들을 비웃지만 사실 그리 비웃을 만한 상대도 아니다.

란체 드워프들의 작지만 탄탄한 육체는 자기 신장의 여섯 배 길이의 장창을 들었을 때 그 장점이 극대화된다.

흔히 상상하는 장창병과 달리, 이들은 이런 장창을 한 손으로 들고도 태연히 돌격을 걸어댄다. 그것도 반대쪽 손에는 장전된 쇠뇌를 들고, 허리에는 묵직한 한손 도끼를 걸어둔 채.

적과 충돌하기 직전에 쇠뇌를 쏜 후 창을 양손으로 잡아 적의 가슴에 힘껏 찔러 박곤 그 창은 놓고 도끼를 꺼내 들어 다리부터 찍어내는 란체 드워프들의 전술은 상투적이지만 천 년 동안이나 잘 먹혀왔다.

이들 또한 기사나 마법사가 나서지 않는 한 일반 보병들이 상대하기 참 까다로운 자들이다.

이런 까다로운 상대들이 양면에서 밀려들어 오니, 다르키아 14세 또한 어느 쪽에 어떤 병종으로 얼마나 전력을 배치해야 하는지 고뇌에 잠길 수밖에 없었다.

워 오우거든 란체 드워프든 기사들을 앞세우고 마법사로 섬멸하면 쉬이 승리할 수 있겠지만, 기사들의 숫자는 한정되어 있고 마법사들의 숫자는 그보다도 희소하다.

특히나 영주들은 마법사들을 거의 내어주지 않았다. 라핀젤 자작이 다섯 명의 마법사를 내어준 것이 전부였다. 다르키아 14세는 재빨리 라핀젤 자작이 내어준 다섯 명의 마법사에게 남작 작위를 내려 마음을 사고 충성심을 이끌어내려고 했고, 그 시도는 다행히 잘 먹혔다.

어쨌든 다르키아 왕국은 왕실 마법사청 소속의 궁정 마법사를 포함해 불과 열다섯 명의 마법사로 이 전쟁을 이끌어 가야 한다. 단 한 명의 손실이라도 크게 느껴질 인원수였다.

게다가 적들은 마법사들을 최우선 격멸 대상으로 삼은 상태였다. 애초에 궁정 마법사들의 활약 때문에 반란까지 결심하게 된 세력과 결탁한 적들이다. 궁정 마법사들을 눈엣가시로 여길 수밖에 없다.

마법사들이 전장에 모습을 드러내기만 해도 온갖 공격이 마법사들에게 집중될 건 불 보듯 뻔했다. 공격에 나서야 하는 마법사들을 보호해야 하는 형국이라니, 모순도 이만저만이 아니다.

"쉽지 않구려."

다르키아 14세는 왕비 에르메스에게 속내를 토로했다.

"수석 궁정 마법사와 논의해 보시는 것이 어떠신지요? 폐하."

에르메스는 당연한 조언을 했다. 그것은 왕비이기에 할 수 있는 조언이기도 했다. 만약 다른 이가 조언했다면 그리 의미가 없었으리라. 얼마 되지 않는 왕권이지만, 다르키아 14세는 그렇기에 더욱 다른 자와 나누길 꺼렸다. 그것은 군권, 지휘권도 마찬가지였다.

"그렇게 해야겠군."

하지만 상대가 수석 궁정 마법사인 디셈버라면 다르다.

다르키아 14세는 어려운 결정을 내렸다.

*   *   *

로렌은 디셈버의 모습으로 엎드려 국왕을 맞이했다. 국왕이 달려와 얼른 로렌을 일으켰다. 이제는 서로 간에 익숙해진 대응이었다.

적당히 의례적인 대화가 오간 후, 다르키아 14세는 곧 본론을 말했다.

"…하여, 그대의 의견을 듣고자 한다."

로렌에게 전황을 설명하고, 그에 대한 의견을 구하는 것이다.

로렌의 입장에서는 이미 알고 있는 정보를 되새김한 것에 지나지 않지만, 그럼에도 다르키아 14세의 설명을 거부하지 않은 건 전황에 대한 그의 인식을 알고 싶었기 때문이다. 목소리에는 어쩔 수 없이 생각이 묻어나게 마련이니까.

'폐하께서는 란체 드워프를 가벼이 여기시는군.'

다르키아 14세는 총명한 편은 아니나 우둔한 것 또한 아니었다. 궁전에 갇혀 살던 장식물이었던 왕이니 경험이 부족한 것이 묻어난다. 하기야 본 것과 경험한 것이 부족한 것치고는 꽤 머리가 좋은 편인지도 모르겠다.

로렌 또한 란체 드워프는 가벼이 여긴다. 그에게는 그럴 만한 자격이 있다. 각인기예라는 더 강한 힘을 손에 넣을 수 있음에도 불구하고 그저 일신(一身)을 휘두르는 데 인생을 낭비하는 자들. 비웃기에 충분하다.

'하지만.'

로렌은 루시아 대공에게 들은 이야기를 떠올렸다.

'제길.'

신탁이니 축복이니, 안 듣는 게 나을 뻔했다. 그렇게 생각하는 한편, 미리 들어둬 다행이라고 생각하는 마음 또한 있었다. 갑작스럽게 축복받은 자들을 적으로 맞닥뜨리는 것보다야, 마음의 준비를 해두는 편이 더 낫긴 할 테니까.

더 대답을 미룰 수는 없었기에, 로렌은 왕의 질문에 대답했다.

"폐하께오선 반드시 적을 섬멸하고자 하십니까?"

질문을 질문으로 되돌리는 것은 그리 좋은 대답 방식이라고 볼 수는 없지만, 로렌은 국왕에게 처음부터 정답을 줄 생각이 없었다. 국왕이 얼마나 많은 고민을 한 끝에 로렌을 찾아온 건지 알기 때문이다.

국왕은 로렌과 지휘권을 나눌 생각이 없다. 로렌이 할 수 있는 건 그저 의견을 제시하는 것뿐. 국왕이 그 의견을 따를 것인지, 아니면 무시할 것인지는 전적으로 국왕 마음이다.

인간이란 남의 의견을 배격하고 자신의 생각을 고수하는 면이 있다. 그리고 국왕 또한 이 한계에서 크게 벗어나지는 못한다고 보는 게 맞을 터였다. 어디 그레고리 남작 같은 인간이 많겠는가. 절대 그렇지 않다.

그렇다면 로렌의 역할은 정답을 제시하는 것이 아니다. 그보다는 국왕이 스스로 그 정답에 이르게 만드는 것이 나았다. 국왕 자신이 납득하고 정답을 실천할 수 있도록 말이다.

말이야 좋지만 그냥 국왕에게서 선택지를 없애는 절차였다. 로렌은 자신의 의견을 국왕의 생각인 것처럼 포장할 셈이었다. 이렇게 하면 국왕이 답을 고르는 것이 아니라, 하나밖에 없는 자신의 생각을 행동으로 옮기는 것으로 만들어 버릴 수 있다.

"아니다. 짐은 그렇게까지 오만하지는 않다."

국왕은 옳은 대답을 했다. 로렌이 그렇게 유도한 면도 있으나, 국왕이 답도 없이 어리석었다면 이 정답에 이르지도 못했을 테니 양자 모두에게 다행한 일이었다.

"작은 전술적 승리를 쌓아올려 전략적 승리에 도달한다. 이를 대전제로 세울 참이다."

국왕도 이론 면에 있어서는 공부한 게 있는지, 그런 말을 했다. 눈앞의 적을 섬멸하는 것이 중요한 게 아니라 대국적인 승리를 향해 행보를 쌓아올려 간다. 기본 중의 기본이다. 실전을 거치다 보면 굉장히 쉽게 잊게 되는 기본이기도 하다.

"저도 그리 생각하나이다."

정답이라느니, 그게 옳다느니 하는 말은 금구이다. 로렌은 국왕의 스승이 아니라 궁정 마법사다. 아무리 신뢰가 두텁다지만 아랫사람이다. 가르침을 주려는 생각은 애초부터 버려야 한다.

"하지만 눈앞의 작은 이득에 연연하다가 큰 이득을 놓치는 것도 저어되는구나."

"정녕 그러하옵니다."

어쨌든 국왕은 전략 전술에 완전히 무지하지 않다. 그걸 알게 된 것만으로도 로렌은 만족이었다.

"그러니 짐은 이렇게 하겠다."

국왕은 바둑알을 집어 든 바둑 기사처럼 선언했다.

"그대를 본국의 총사령관에 임명하노라."

마치 이것이 신의 한 수다, 라고 선언하는 것처럼.

"…예?"

로렌은 멍하니 입을 벌리고 말았다. 이제 국왕을 어떤 식으로 설득해서 이 국난을 넘어서야 할까, 로렌은 오로지 그것만 생각하고 있었는데 그게 모두 무용지물이 됐다.

"두 번 말해야 하는가? 하는 수 없군. 상대가 그대니……."

"아, 아닙니다. 두 번 말씀하실 필요는 없사옵니다. 다만 말은 바가 중대하여……."

"중대하지. 그대가 실패하면 짐도 죽는다."

자신의 목숨이 세상 그 어떤 것보다도 중대하다는 듯, 국왕은 말했다. 사람으로서 그의 생각은 온당하기에 로렌은 고개를 끄덕일 수밖에 없었다.

　조선 선조 같은 전제군주라면 모를까, 입헌군주국의 왕으로서 아무런 실권도 없는 사람한테 목숨을 버려 나라를 지키라고 강요할 수도 없는 것 아닌가?

　아니, 애초에 그럴 일이 없다. 이 사람의 목이 날아간다 한들 다르키아 왕국의 국체가 무너지는 게 아니니까. 그냥 다르키아 영주 연합국이 되고 말겠지.

　"솔직하게 말하지. 짐은 이번 전쟁으로 많은 것을 얻을 수 있을 것이라 착각하고 있었다. 하지만 전쟁에서 지면 그 모든 것은 다 없는 것이나 마찬가지지. 눈앞의 작은 이득에 큰 것을 잊어버릴 뻔했다."

　그 논리는 방금 전에 국왕이 말한 군략의 정석과 완전히 같았다.

　"그대는 라핀젤 자작령의 군대로 구 발레리에 대공을 물리친 적이 있다. 그대가 짐보다 군략에 밝은 것은 누구나 다 알 테지. 그런데도 짐이 군권을 쥐고 흔들려 한다면 무리가 생길 수밖에 없다."

　그럴 생각이 있긴 했다는 듯, 다르키아 14세는 고개를 절레절레 저었다.

"철은 드워프에게. 오래된 격언이지."

철은 드워프에게. 본래 대장장이로 유명했던 종족인 드워프들도 이제는 망치를 놓고 창을 들어 전쟁에 나오는 형편이다. 이제는 무효가 된 격언이기도 하지만, 다르키아 14세는 이렇게 말했다.

"드워프들이야 바뀌었다 하나, 세상의 이치가 어디 그리 쉽게 바뀌겠는가."

국왕은 엄숙하게 선언했다.

"그러니 수석 궁정 마법사 디셈버, 짐이 가진 것을 그대와 나누기로 하였다. 그러니 그대는 최선을 다해 승리를 거머쥐어라."

"…성은이 망극하여이다, 폐하!"

*   *   *

로렌은 자신이 국왕을 얕보고 있었다는 걸 인정해야 했다. 손안에 작은 것밖에 없으면 그 작은 것에 연연하게 되는 게 인간이다. 다르키아 14세도 그러하리라고 로렌은 넘겨짚었다. 그것이 로렌의 착각이었다.

국왕은 로렌에게 전권을 넘겼다. 솔직히 이 경우의 수는 생각도 못 했다. 그렇다고 로렌이 해야 할 일이 바뀌는 것은 아니다. 오히려 '국왕을 설득한다'는 절차가 빠짐으로써 더 효율적으로 바뀌었다.

"폐하의 기대에 부응해야지."

로렌은 쓴웃음을 지으며 혼잣말을 흘렸다. 진심이었다.

다르키아 왕국은 이 대륙의 인류 국가 중 아마도 가장 먼저 로어 엘프를 해방시킨 국가일 터였다. 역사에 남지도 않은 소국을 제외하고는 말이다. 즉, 다르키아 왕국이 패배한다면 이로 인해 로렌과 라핀젤의 이상(理想) 또한 꺾여 버릴지도 모르는 일이다.

그뿐만이 아니다. 마법사의 위상 또한 내려갈 것이고, 오크 기사에 대한 시선도 다시 고깝지 않게 바뀔 것이다. 리처드 남작과 바투르크가 그리도 바랐던 '평범한 인류로서의 오크'도 먼 꿈이 되어버리고 말 것이다.

인식이 좋아졌다고는 하나, 아직까지도 다른 전문가가 나타나지 않은 각인기예는 어떤가. 한 번의 승리만으로는 부족했다. 란츠 드워프의 혈통으로 태어난 자들도 망치 대신 창을 쥔다. 그렇게 창을 쥐게 된 란체 드워프들은 란츠 드워프를 '땅 찌질이'라 불렀다. 탈란델의 꿈이 이뤄지기에는 아직 멀었다.

이 전쟁의 총사령관을 맡게 되면서, 로렌은 수많은 이의 꿈 또한 함께 짊어지게 되었다.

비단 국왕 다르키아 14세만을 위해서가 아니다. 다른 누구의 무엇보다도 로렌 본인을 위해서라도 이 전쟁은 반드시 승리로 이끌어야 한다.

지난 생에는 없었던 전쟁. 이번이 두 번째라는 이점은 거의 살리지 못할 것이다.

그리고 축복받은 자라는 변수.

그럼에도 승리해야만 한다.

"부담이 안 될 수가 없군."

로렌은 한숨을 내쉬었다. 무기력한 한숨은 아니었다. 긴장을 털어낸 로렌은 바로 진작부터 준비해 둔 작전을 실행시키려 움직였다. 국왕을 설득하는 절차가 생략되어 시간을 벌었다고는 하나, 그래도 한 시가 아까운 때였다.

*   *   *

다르키아 왕국 측에 있어 가장 다행한 점을 한 가지 들자면, 레뮬로스 왕국과 도이힐 영주 연합은 별로 사이가 좋지 않았다.

어찌 보면 당연한 이야기였다. 국경을 맞대고 선 두 국가가 사이가 좋을 가능성은 사실 대단히 낮다. 한국과 중국과 일본의 이야기는 꺼낼 것도 없이, 오히려 그 반례의 경우가 희소할 것이다.

그리고 레뮬로스 왕국과 도이힐 영주 연합도 마찬가지였다. 일촉즉발의 상황까지는 아니더라도 두 국가 간에는 미묘한 라이벌 의식이 존재한다. 서로 국력이 비슷하기에 더더욱 그렇다. 국력이 비슷하지 않았더라면 둘 중 하나가 다른 하나를 집어삼켰을 것이었다.

이번 전쟁에 있어서는 두 국가는 동맹이지만, 그렇다고 그게 반드시 연합 전선을 펴야 한다는 논리로 이어지지는 않았다. 그리고 실제로 두 국가는 연합 전선을 펴지 않았다. 어쩌면 어느 쪽이 더 큰 승리를 거두느냐로 경쟁을 하고 있을지도 모른다.

로렌에게 있어서는 호재다. 각개격파가 가능하다는 이야기였으니까 말이다.

만약 두 국가가 완전히 연합 전선을 이루고 유기적인 전략 전술을 짜온다면 그것만큼 골치 아픈 일도 드물 터였다.

"워 오우거가 지휘하는 란체 드워프 장창돌격병 부대라니, 상상하기도 싫어지는군."

실제로 만들어지지는 않은 꿈의 조합이다. 써보고는 싶지만 상대하기는 싫은 조합이기도 했다. 하기야 워 오우거도 용병이고 란체 드워프도 용병이다. 쉽게 주인을 바꾸지 않는 자들이기는 하나, 그렇다고 둘 모두를 고용하는 게 불가능하지는 않으리라.

'쓸데없는 생각을 했군.'

지금 당장은 적들이다. 고용할 수 있을 리가 없지 않은가?
두 용병 집단의 주인들을 무너뜨린 후에나 가능한 일이다.

지금 당장 생각할 필요가 없는 이야기였기에 로렌은 고개
를 저어 헛된 상상을 머릿속에서 털어내었다.

반대로 불안한 점이라면, 두 상대 국가가 연합 전선을 펴지
않았기 때문에 다르키아 왕국은 두 개의 전선을 감당해야 한
다는 점이었다. 자연히 다르키아 왕국은 전쟁 양상에 있어 최
악의 구도라 할 수 있는 양면 전쟁을 강제당하게 된다.

두 개의 전선을 감당해야 하는데 마법사 부대는 하나밖에
없다.

그러면 어떻게 해야 하는가?

"둘로 나누면 되지."

의외로 간단한 문제였다.

하지만 간단한 문제라고 늘 쉬운 문제인 건 아니다. 오히려
간단한 문제일수록 그 풀이는 복잡해지는 게 세상 이치라고
도 할 수 있었다.

수학에서 2 나누기 2의 답은 1이지만, 그건 그저 수학적 약
속일 뿐이고 현실에서는 동일한 1을 두 개 구하거나, 2를 균일
하게 나누는 방법부터 생각해야 하니까.

이건 그런 문제이기도 했다.

로렌은 자신이 지휘하는 부대와 알베르트가 지휘하는 부대로 마법사 부대를 분할 편성했다.

별로 놀라운 일도 아니지만, 이제 베르테르, 샤를로테, 알베르트 세 명의 첫 제자 중 가장 성취가 높은 자는 알베르트다.

베르테르와 샤를로테는 로렌을 따라 궁정 마법사로서 임무를 다하느라 마력을 낭비했지만 알베르트는 그렇지 않다. 대학에서 실컷 배움을 얻고 마력을 확보한 데다 레윈에게서 루슬라식 검술, 바투르크에게서 리히텐베르크류 기사도 검술을 배운 그는 일신의 전투력만 치자면 로렌의 제자들 중 이견의 여지없이 최강이었다.

베르테르나 샤를로테 정도는 아니지만, 로렌을 따라 유격전을 다닌 적이 있어 실전 경험도 풍부했고 지휘 능력도 어느 정도 갖추고 있었다. 세 제자 중 가장 처지던 때도 있었으나, 어느새 로렌의 우편(右便)에 앉기에 충분한 인재가 된 것이다.

로렌은 알베르트에게 페브러리, 마치, 메이, 셉템버, 옥토버, 노벰버를 맡겼다. 라푼젤 자작령에 남았던 네 명에 더해 본래 알베르트 조였던 두 제자를 맡긴 것이다. 자작령에 남았던 제자들은 마력이 충분하고, 셉템버와 옥토버의 실전 경험은 알베르트를 보좌하기에 충분할 것이다.

나머지는 모조리 로렌의 휘하에 넣었다. 알베르트 부대에 비해 마력이 좀 부족하다고는 해도 별의 영역에 이른 로렌이 있으니 걱정할 필요가 없었다. 사실 로렌 하나만 있어도 알베르트 부대보다 강하니 오히려 전력이 편중되었다고 봐도 되었다.

그렇다고 로렌이 베르테르를 비롯한 휘하의 제자들을 의지하지 않는 것은 아니다. 아무리 실전을 뛰느라 마력이 부족하다고는 해도 실전 경험이 어딜 가는 게 아니고, 그간 맞춰온 호흡도 있다. 실제 작전에서는 알베르트 부대 못지않은 전과를 낼 것이다.

로렌과 함께 궁정 마법사 부대에 들어오면서 가장 성장한 제자는 다른 사람도 아니라 샤를로테였다. 로렌에 대한 이상할 정도의 집착과 다른 후배 마법사들에 대한 지나친 질투심은 아직도 없어지지는 않았으나 많이 줄어들었고, 그 자리를 대신 함께 싸워온 동료들에 대한 전우애가 채웠다.

실제로 로렌의 두 번째 제자들 중 장녀라 할 수 있는 재뉴어리의 실력은 벽에 부딪힌 샤를로테를 위협할 정도로 성장했으나 샤를로테는 그녀와 격의 없이 지냈다. 물론 이것은 재뉴어리가 자신이 좋아하는 사람은 베르테르라고 확언하고 태도로 보여준 덕분도 있었다.

혀를 잘려 말을 못한다는 장애 때문에 정서적으로 불안했었던 샤를로테다. 이렇게 성장한 것도 나이를 먹으며 경험을 쌓아 실력을 인정받고 국왕으로부터 작위까지 받아 언제 다시 노예가 될지도 모른다는 불안감을 극복해 정서적으로 안

정된 덕이었다.

베르테르도 로렌이 자리를 비웠을 때 궁정 마법사 부대를 성공적으로 지휘해 내며 로렌의 부장으로서 자신의 가치를 톡톡히 증명해 냈다. 이번 전장에서도 개인행동을 꽤 많이 할 로렌에게 있어서는 베르테르는 이미 필수 불가결한 존재가 되어 있었다.

마력과 전투력을 빼고 지휘 능력만 따지면 베르테르는 로렌의 좌편(左便)에 앉아 있기에 충분했다. 샤를로테의 능력 자체는 베르테르보다 높으나, 아직도 정서적으로 불안한 면이 있다. 리더로서는 베르테르가 더 나았다.

베르테르를 연모하는 재뉴어리는 물론이고 원래 베르테르 조였던 에이프릴도 당연히 베르테르를 따랐고, 샤를로테조인 줄라이, 준, 어거스트조차도 베르테르를 믿고 의지하니 말이다. 이 결과에 샤를로테조차 위기감을 느끼고 만 모양인지, 자신의 성격을 고치려 노력하게 되었다.

그렇다고 샤를로테가 베르테르를 견제하려 들거나 그러는 일은 없었다. 베르테르의 인품이 낳은 결과였다. 궁정 마법사 중에 그를 싫어하는 사람은 없었다. 로렌도 포함해서 그랬다.

"너무 사이가 좋은 거 같기도 하고 말이지."

뭐, 좋은 게 좋은 거다. 로렌은 제자들 생각은 그쯤 해두고 다시 전략 구상에 들어갔다.

            *   *   *

사실 일이 다른 변수 없이 돌아가기만 한다면 일단 다르키아 왕국이 패배할 일은 없었다.

침략 측이 점령에 성공하려면 방어 측의 3배 병력은 필요하다는 속설은 꺼낼 필요도 없다. 마법사를 적재적소에 투입하기만 하면 적의 공격을 무력화시키는 건 그리 어렵지 않다.

적들의 병력 구성은 보병 중심 편성이고, 마법사의 포격은 보병의 진출을 막아내는 데 매우 효과적이니까.

반대로 이야기하면 마법사를 적재적소에 투입하지 못하게 만드는 일이 벌어지면 매우 곤란한 일이 벌어지게 될 것이다.

"축복받은 자… 이 변수가 문제야."

이 전쟁에 '그분들'의 개입이 있다는 건 루시아 대공의 증언으로 이미 확정적이라고 보아도 무방하다. 그리고 '그분들'의 개입은 '신탁'으로 이뤄지며, 신탁에 따른 자들은 축복을 받아 강해진다.

그러니 이 전쟁에는 매우 높은 확률로 '축복받은 자'가 나타난다는 해석이 가능하다.

이 변수에 대비하기 위해서 병력 편성을 넉넉히 해야 했다. 빠듯하게 했다가 그 전장에 축복받은 자가 나타나서 날뛰기라도 한다면 전선 전체가 무너질 위험이 있으니까.

당연한 이야기지만, 모든 전선에 병력 편성을 넉넉히 할 수는 없다. 어느 방면의 방어를 두텁게 하면 다른 방면의 방어가 얇아진다. 배치할 수 있는 병력에 한계가 있는 이상 어쩔 수 없는 일이다.

이 변수들이 어우러져 로렌의 골치를 썩이고 있었다.

그랬다.

이 남자가 그의 앞에 나타나기 전까지는.

"오랜만이로군, 디셈버 수석 궁정 마법사 각하. 아니, 이제 다르키아 왕국군 총사령관 각하라고 부르는 게 맞으려나?"

"아니……."

남자의 얼굴을 보고 로렌은 황당해서 말도 안 나왔다.

"…영주 중에 직접 이 전쟁에 참여한 건 경이 처음입니다."

로렌은 간신히 말을 맺었다.

"너도 있잖아?"

로렌의 말에 남자는 코웃음을 치며 되물었다.

"전 수석 궁정 마법사입니다."

로렌이 아니라요. 그런 말을 덧붙일 필요는 없었다. 로렌은 한숨을 내쉬었다. 솔직히 안도의 한숨이었다.

문제가 해결되었다. '넘치는 병력'이 증원되었으니까. 혼자서 일만의 군세를 헤집고 다니는 다르키아 왕국 최강의 괴물.

"리처드 남작."

"그래."

리처드 남작은 만족스럽게 웃었다.

"외국인들의 머리를 깰 수 있다는 말에 서둘러 왔지."

실로 리처드 남작다운 말에 로렌은 절로 튀어나오려는 헛웃음을 참아야 했다.

*　　　　*　　　　*

리처드 남작은 휘하의 기사대를 하나 끌고 다르키아 왕국군에 합류했다. 약소한 병력이지만 리처드 남작 하나만으로 차고 넘쳤다.

디셈버, 즉 로렌이 왕국군의 총사령관이 되었다는 말을 듣고 병력을 더해 보낸 것은 리처드 남작뿐만이 아니었다. 그레고리 남작도 직접 오지는 않았지만 휘하의 엽병대를 파견해 주었고, 에드워드 백작도 기사단 한 개 부대를 추가로 보내주었다.

바투르크를 비롯한 라핀젤 자작령의 기사들은 영지에 남겨 두고 온 로렌 입장에서는 꽤 큰 도움이 될 원군이었다.

루시아 대공도 10명으로 이뤄진 마법사 부대를 추가로 보내주기로 약속했다. 마법사의 가치를 생각하면 꽤 통 크게 쓴 셈이지만, 같이 온 편지를 보면 그렇지도 않았다.

부디 많은 가르침 바랍니다.

　휘하의 마법사들로 하여금 로렌의 지휘를 받아 실전 경험을
쌓고 배울 게 있으면 배우고 오라는 의도가 담긴 파견이었다.
　로렌은 루시아 대공의 심계(深計)에 넘어가 주기로 했다. 어
쨌든 마법사 부대를 세 부대로 나눌 수 있게 되었으니 로렌에
게도 나쁜 일이 아니다. 베르테르에게 본래 로렌이 지휘하려
했던 부대의 지휘권을 맡기고, 루시아 대공 휘하의 마법사 부
대를 로렌 본인이 맡았다.
　"디셈버 총사령관 각하, 결례가 될지 모르나 한 말씀 올리
겠습니다."
　로어 엘프로 이뤄진 루시아 대공의 마법사 부대 부대장이
엄숙한 말투로 말했다.
　"저희 주군이신 루시아 대공과 비슷할 정도로, 저희는 각하
를 존경합니다."
　그들뿐만이 아니다. 다르키아 왕국의 모든 로어 엘프가 디
셈버를 존경한다. 그 이유는 베르테르가 언젠가 로렌에게 울
부짖으며 토로한 것과 같았다.
　"꼭 말씀드려야 할 것 같아서 무례를 무릅쓰고 말씀드렸습
니다."

줄곧 뭔가 말하고 싶은 것처럼 입술을 달싹거렸던 건 그런 이유였던가. 마치 사랑 고백이라도 한 것처럼 부대장의 얼굴은 붉게 물들어 있었고 눈매에는 눈물이 매달려 있었다. 그걸 보면서 로렌은 픽 웃었다.

"아직 끝난 게 아니다."

"예?"

"마법사의 명성을 전 대륙에 떨치지 못했다."

"……!"

부대장은 로렌이 하고자 하는 말을 이해했는지, 놀라 동공을 크게 확장했다. 그리고 그 눈동자의 안에서 어떤 빛이 뿜어져 나오는 것을 로렌은 보았다. 그 빛의 이름은 희망, 꿈, 이상, 그리고 야망이었다.

"각하의 이상을 위해서라면 이 르블랑은 기꺼이 각하의 개가 되고 말이 되겠습니다."

부대장, 르블랑은 결연하게 선언했다.

"그것은 걱정하지 않아도 된다."

안 그래도 개처럼 굴릴 생각이니까.

로렌은 가학적으로 웃었다.

*　　　　*　　　　*

왕도 다르키아텔에서의 집결을 마친 다르키아 왕국군에게 총사령관인 로렌은 두 갈래로 나뉘어 좌군은 레뮬로스 왕국과의 국경으로, 우군은 도이힐 영주 연합과의 국경으로 향하도록 명령했다.

레뮬로스 왕국 방면으로 향하는 좌군은 방어에 치중해 전선을 유지하며 버티도록 명령을 내렸다. 쉽지 않은 일이겠지만 마법사는 공격해 오는 적을 맞아 싸우는 데 특화되어 있다. 그래서 로렌은 베르테르 부대와 알베르트 부대 모두 좌군으로 보냈다.

여기에 그레고리 남작령의 엽병대를 유격대로 두어 지속적인 피해를 유도토록 했다. 엽병대를 무시하면 피해를 무시할 수 없고, 소탕전을 벌인다면 시간이 많이 지연되고 말 테니 아무리 워 오우거라도 고민 좀 하게 될 터였다.

물론 좌군으로 이들만 보낸 게 아니라 정규군으로 보병 중심의 레뮬로스 왕국군과 상성이 좋은 쇠뇌병과 창기병을 두었으므로 쉽게 무너지지는 않으리라.

축복받은 자가 어디서 갑자기 맥락도 없이 툭 튀어나오지 않는다는 전제하의 이야기지만 말이다.

그래서 로렌은 특별히 적군 측에 리처드 남작 같은 괴물이 튀어나오면 일단 후퇴하도록 지시를 내려두었다. 레뮬로스 왕국과의 국경 지대에 위치한 영주들에게는 미안한 일이지만 로렌이 지켜야 할 건 다르키아 왕국이지 그들 영주들의 영지가 아니었다.

반대로 도이힐 영주 연합 쪽의 전선을 향하는 우군은 빠르게 적을 격멸하고 전선을 밀어붙이도록 명령했다.

적의 시선을 분산시키고 후방을 흔들기 위해 움직임이 빠른 경기병, 적의 돌격을 좌절시키기에 충분한 사거리를 지닌 장궁병이 정규병으로 편성되었다. 그리고 적을 격멸시킬 주공 부대로는 기사단, 특히나 리처드 남작을 배치했다.

"워 오우거라는 놈들의 머리를 한번 깨보고 싶었는데."

리처드 남작 본인은 투덜거렸지만 이쪽 전선을 빠르게 분쇄하고 레뮬로스 왕국 국경으로 향한다는 말에 다시 의욕을 불태웠다.

"드워프의 머리도 깨고 오우거의 머리도 깰 수 있다니 일석이조지!"

그렇다고 한다.

로렌 본인은 우군, 리처드 남작과 동행한다. 공격은 수비보다 많은 병력이 필요하니 당연한 배치였다. 설령 축복받은 자가 등장한다 하더라도 로렌 본인과 리처드 남작이 움직여 '머리를 깨버릴' 생각이었다.

이미 전쟁은 시작되었고, 침공당한 지역의 영주들은 방어에 필사적이었지만 어쩔 수 없이 전선이 밀려나고 있었다. 상황은 이미 급박했다.

"출진!"

로렌이 호령했다. 10만에 달하는 부대가 그의 명령과 동시에 움직이는 광경은 실로 볼 만했다.

로렌의 직할 부대인지라 그의 옆에 서 있던 르블랑 부대장이 감격의 시선으로 그를 쳐다보았다. 로어 엘프가 10만 대병력의 지휘관이라는 것에 감격이라도 하고 있는 것이겠지만, 로렌은 무시했다. 지금은 그런 게 중요한 때가 아니었으니까.

45장
란체 드워프 용병단 '백합'

다르키아 왕국 게오르그 자작령.

영주 관저가 불타오르고 있었다.

게오르그 자작은 기사와 용병을 동원해 분전했지만 결과는 참담했고 현실은 냉혹했다. 최대한 버텨보라는 중앙정부의 권고를 무시하고 보병대 위주의 란체 드워프 장창돌격대를 분쇄하기 위해 기사들을 돌격시킨 게 첫 실수였다.

"적들은 공력을 다룹니다, 주군!"

공력이 뭔지 게오르그 자작은 몰랐다. 그러니 휘하의 기사가 피를 쏟듯 내뱉은 그 보고를 제대로 이해하지 못했다. 첫 패전에 격노한 자작은 재차 돌격을 명했으며, 충성스러운 기사들은 그 명령을 무시하지 못했다.

기사들이 섬멸당하고 적 장창돌격대가 발맞추어 영주 관저 앞까지 진군해 왔을 때가 되어서야 게오르그 자작은 자신의 실수를 깨달았으나 이미 때는 늦었다.

절대 도망치지 않는다던 용병대들도 위약금을 토해내고 도망갔다. 당신의 지휘에 따르다간 다 죽겠다는 욕설 섞인 외침에 게오르그 자작은 아무 대꾸도 못 했다.

그저 부끄러울 따름이었다. 충성스러운 기사들은 다 죽었고, 용병들을 다루기 위해서는 자작이 직접 전쟁터에 나가야 했으나 그에게는 그럴 용기가 없었다.

관저가 불타는 광경을 오래 지켜보고 있을 수는 없었다. 그나마 여기까지 도망칠 수 있었던 게 행운이었다.

적들은 코앞까지 들이닥쳐 있었으며 게오르그 자작에게 남은 용병은 위약금을 지불하지 못한 한 줌뿐이었다. 게오르그 자작을 보는 용병들에게서 기묘한 눈빛이 묻어나오고 있었다. 고용주를 언제 배신할지 모르는 용병들과 함께 게오르그 자작은 도주해야 했다.

*　　　　*　　　　*

"쉽군, 쉬워. 너무 쉬워서 함정이 아닐까 걱정될 정도로군."

게오르그 자작령을 침범한 도이힐 영주 연합 소속의 용병, 란체 드워프 용병단 '백합' 제12백인대 대장 토론토는 흥겨움에 젖어 산처럼 솟은 자신의 배를 만족스럽게 두들겨 대었다.

용병 일은 정말이지 최고였다!

일을 하고 돈을 받는다. 이게 전부가 아니다. 승리하면 승리 수당이 나온다. 아직도 끝이 아니다. 점령지에서 약탈까지 가능하다. 약탈한 물건은 기본적으로는 위로 올려 보내지만, 따로 주머니 하나둘쯤 빵빵하게 채운다고 아무도 뭐라고 하지 않는다.

물론 패배하면 돈도 못 받고 최악의 경우 죽을 수도 있겠지만 그런 생각은 할 필요가 없다. 왜냐하면 토론토가 속한 란체 드워프 용병단 '백합'은 패배를 몰랐으니까.

툭하면 영주끼리 전쟁을 벌이는 도이힐 영주 연합에서 백합 용병단은 백전백승으로 유명했다. 그렇다고 백합 용병단이 도이힐 영주 연합 최강의 용병단인 건 아니었다.

최강은 아니지만 무적이다.

어떻게 들으면 모순인 이 명제를 백합 용병단이 성립시킬 수 있는 건, 단장인 밴쿠버가 승리의 냄새를 기가 막히게 잘 맡기 때문이다. 패배할 전쟁에는 아예 끼어들지 않고, 확실한 승리만을 챙겨 나간다.

절벽 위에서의 외줄 타기처럼 아슬아슬한 곡예를 백합 용병단은 한 번도 실패한 적이 없다.

그러니 토론토도 마음 놓고 배를 두들겨 대고 있는 것이다.

참고로 그의 배가 산처럼 솟은 이유는 그가 드워프이기 때문이기도 하지만, 약탈품을 복대 안에 슬쩍 숨겨 갖고 있기 때문이기도 했다. 이런 짓을 했다간 몸이 무거워져 제대로 싸우지 못하겠지만 뭐 어떤가? 어차피 이길 텐데!

"흐흐흐."

토론토는 낮은 웃음을 흘렸다.

고향의 '땅 찌질이', 다른 곳에서는 란츠 드워프라 불리는 녀석들은 영원히 손에 넣지 못할 부를 손에 넣었다. 그깟 쇠 좀 두들긴다고 뭐가 더 나아진단 말인가? 망치를 두들겨 봤자 금화 한 장이 나오더냐, 그 시간에 창을 휘둘러 봐라!

토론토는 복대 안에 자리를 잡은 황금 목걸이를 생각해 내곤 또다시 헤벌쭉 웃었다.

"전투 준비!"

"전투 준비! 전투 준비!"

밴쿠버의 부관이 쩌렁쩌렁하게 외친 목소리를 전령이 앵무새처럼 반복했다. 그거 못 알아듣는 사람 없으니까 그러지 말지? 토론토는 투덜거렸다. 좋았던 기분이 깨져 한층 더 불쾌해졌다. 이 불쾌감을 적들에게 풀어줄 생각이었다.

"왼쪽 눈알을 노려주지."

토론토의 혼잣말에 어느새 그의 주변에 도열한 용병들이 키득거리며 웃었다. 그의 부하들이다. 그들의 배도 불뚝불뚝 솟아 있었다. 다시금 기분이 좋아진 토론토가 외쳤다.

"좋아, 이 새끼들아! 전투 준비다!"

까드득까드득까드득.

동시에 쇠뇌 장전하는 소리가 대답을 대신했다. 용병들이 완전히 장전된 쇠뇌를 집어 들고 일어섰다. 자신의 몸보다 다섯 배나 긴 장창을 들고서 그들은 동시에 창대를 땅에 찧었다.

쿵!

목숨으로 거래할 준비를 마친 용병들의 신호였다.

        *   *   *

로렌이 게오르그 자작령에 도착한 것도 그때쯤의 일이었다.

"예상했던 것보다 훨씬 빠르게 무너졌군."

게오르그 자작령의 군사력은 상당히 강한 편이었다. 국경에 위치한 지역답게 용병단도 든든하게 준비했고, 자작령의 규모에 어울리지 않게 유능한 기사단도 자작을 따르고 있었다.

용병단을 동원해 방어에 열중하며 기사단을 움직여 소모전을 유도하면 최소한 한 달은 버틸 거라고 로렌은 계산했다.

하지만 그 계산이 틀어졌다.

대체 뭘 어떻게 해야 2주 만에 기사단과 용병단을 모두 증발시킬 수 있단 말인가? 혹시 게오르그 자작이 적들과 내통한 게 아닐까 의심스러울 정도였다. 안타깝게도 '히드라의 피'는 게오르그 자작의 반역 행위에 대한 정황을 조금도 잡아내지 못했다.

그 대신이라고 하기엔 좀 뭣 하게도, 보고서에 올라온 내용은 말 그대로 가관이었다.

게오르그 자작은 먼저 국경을 침범한 적을 발견했다. 이것은 좋다. 기본적인 보고 체계는 갖춰져 있다는 뜻이니까.

그런데 이 이후부터 일이 틀어지기 시작했다. 로렌은 분명최대한 버텨달라고 서신을 통해 간곡하게 전했지만, 자작은그런 로렌의 의견을 무시하고 적의 우선 타격, 섬멸을 노렸다.

게오르그 자작의 기사단은 개지에서의 돌격을 감행했다.방위군의 지형적 우위는 개나 줘버리라는 듯이. 란체 드워프를 얕본 그 허술한 전술은 당연한 패전으로 이어졌다.

이야기를 들어보니 란체 드워프 측에서 매복을 걸었다고한다. 로렌은 보고서의 이 부분을 읽다가 눈을 의심했다. 침공군의 매복에 걸리는 방어군이라니, 이게 무슨 헛소리지? 하지만 현실이었다.

초전(初戰)의 패배에 격노한 게오르그 자작은 기사단에게 계속해서 섬멸 명령을 내렸다. 자작은 전선에 나가지도 않고 관저에서 명령을 내린 모양이었고, 그래서 사태 파악이 늦었다. 결국 섬멸당한 건 자작령의 기사단이 먼저였다.

용병들을 다룰 기사들이 다 죽고 없어졌음에도 게오르그 자작은 여전히 전선에 나가지 않았고, 전선에 나가 있던 용병들은 적들에게 매수당해 자작을 버리고 퇴각해 버렸다.

일이 이렇게 되니 적은 말 그대로 '무적'이었다. 적이 없으니까 무적이다. 아무런 제지도 받지 않고 쾌진격, 영주의 관저를 불태우기에 이르렀다.

두 글자로 요약하면 '무능'. 길게 말할 것도 없었다. 그림에 그린 것 같은 무능한 지휘관 그 자체였다. 백년전쟁 초반의 프랑스 기사들도 이 정도로 무능하지는 않을 것 같았다.

배신당한 것 같은 느낌이었다. 그야 로렌이 이 시대의 게오르그 자작에 대해 알 리 만무하다. 서면으로 보고받은 게 전부였다. 내치에 있어서 게오르그 자작은 나쁘지 않은 평가를 내릴 수 있는 영주였다. 적어도 멍청이는 아니겠지, 로렌은 생각했다.

그런데 멍청이였다.

서면 보고라는 게 이렇게 무섭다.

"종이가 무서워!"

로렌은 게오르그 자작에 대한 전쟁 전까지의 데이터를 찢어발겼다.

어쨌든 지금은 자작 탓이나 하고 있을 때가 아니었다. 란체드워프들은 그 알량한 힘으로 진격을 거듭해 오고 있었다. 매복이라도 걸려면 지금 당장 움직여야 했다.

로렌은 즉시 명령을 내렸다.

*   *   *

매복에 적합한 지역을 선정해서 장궁병과 마법사들을 매복시키고, 적들을 어느 정도 소모시킨 후 배후의 기사단을 돌격시켜 일망타진한다. 만약 매복에 실패한다면 화살과 마법으로 저지력을 형성해서 후퇴한다.

이것이 로렌이 내린 이번 전투의 기본적인 골조였다. 그렇게 작전을 어느 정도 세우고 부대를 배치하고 나니, 그동안 찌그러져 있던 게오르그 자작이 로렌에게 다가와 말했다.

"적은 공력이란 걸 다룬다고 합니다, 총사령관 각하."

지금 와서 뻔뻔하게 변명처럼 그런 소릴 지껄였다. 게오르그 자작의 머리통을 재떨이라도 던져 빠개 버리고 싶은 게 로렌의 심정이었지만, 안타깝게도 로렌은 흡연자가 아니었고 자작의 직속상관 또한 아니었다.

이 게오르그 자작령의 군주는 여전히 게오르그 자작이었고, 다르키아 왕국군이 원활히 움직이기 위해서는 게오르그 자작의 협조가 필수적이었다.

그러니 작전을 다 짜고 부대 배치마저 마친 후에 이런 정보를 알려주는 게오르그 자작 상대일지라도 로렌은 화를 내서는 안 됐다.

"…귀중한 정보 감사합니다, 게오르그 자작님."

어쨌든 정보는 정보다. 별로 놀랄 만한 정보는 아니었지만 말이다. 적들이 공력이라도 다루지 않으면 기사단을 상대로 어떻게 승리를 거둘 수 있었겠는가?

게오르그 자작이 그 정보를 언제 얻었는지 궁금하긴 했지만 알게 되면 속 터질 것 같아서 로렌은 묻지 않았다. 만약 진작 알고도 기사단을 들이부었다면 법이고 뭐고 다 무시하고 자작의 목을 꺾어버릴 것만 같았다.

"적이 옵니다, 각하. 눈으로 확인할 수 있는 거리입니다."

르블랑이 로렌에게 달려와 소곤거렸다. 루시아 대공령의 마법사 부대 부대장인 그는 어느새 로렌의 부관 또한 자청하고 있었다. 어차피 부관 한 명은 부려야 했기에 로렌은 그를 아예 정식으로 임명해서 써먹고 있었다.

"뭐, 뭐라?!"

게오르그 자작이 파랗게 질린 얼굴로 외치듯 되물었다. 로렌은 즉시 그의 입을 닥치게 만들기 위해 멱살을 잡아챘다.

여긴 매복지였다. 아무리 작전 본부라 다소 후방에 치우쳐져 있고 그래서 적들과 거리는 상당히 떨어져 있지만 그래도 그게 소리를 빽빽 질러도 된다는 의미는 아니었다.

"아군은 매복 중이고 우리는 위치를 들켜서는 안 됩니다, 게오르그 자작. 목소리를 낮추십시오."

말투야 정중했지만 번들거리는 살기를 감추지 않은 로렌의 기색에 게오르그 자작은 그제야 쪼그라들었다. 몇 초 후에 투덜거리는 소리가 들렸지만 로렌은 못 들은 척했다.

'너 내가 꼭 죽인다. 다음에 기회 봐서 반드시 죽이겠다.'

그런 생각을 하는 것도 나중으로 미뤄야 했다.

"장궁병은 제 위치에 있는가?"

"그렇습니다, 각하. 모든 준비가 완벽합니다."

정말 완벽할까? 찾아가 보면 분명히 실수가 나올 텐데. 하지만 로렌은 굳이 토를 달지 않았다.

"르블랑 부관, 마법사들에게 일제 포화를 준비시켜라. 신호하면 즉시 발사하도록."

"예, 알겠습니다."

로렌은 무장을 마치고 잘 위장된 매복지에서 기어 나왔다. 적들의 모습을 직접 확인할 생각이었다. 적들은 협곡으로 난 길을 통해 북상하고 있었고, 예정대로라면 곧 아군의 장궁과 마법의 사거리 안으로 쏙 들어오게 될 것이다. 작전대로 돌아가기만 한다면 이 협곡이 그들의 사지가 될 터였다.

그런데 이쪽을 향해 똑바로 진군해 오던 란체 드워프 무리의 움직임이 갑자기 딱 멈추더니, 협곡을 우회하는 게 아닌가?

'...잉?'

마치 뒤늦게 매복을 눈치챈 것 같은 란체 드워프들의 반응에 로렌은 눈을 크게 떴다.

작전은 실패했다. 적의 우회를 그냥 내버려 두면 적들이 오히려 이쪽을 포위할 수도 있었다.

'설마 조금 전의 자작 목소리에 매복을 눈치챈 건 아니겠지?'

아무리 그래도 지나친 발상인 것 같아, 로렌은 그 생각을 바로 접고 부관들을 불러들였다. 작전이 하나 실패한 이상, 다음 작전을 써야 했으니까.

"허, 실패했소? 총사령관 각하도 별것 아니군!"

그냥 지금 당장 죽여 버릴까. 게오르그 자작의 빈정거리는 목소리를 들으며 로렌은 내면의 목소리와 싸워야 했다.

＊　　　　＊　　　　＊

"단장님! 무슨 일입니까!"

란체 드워프 용병단 '백합'의 단장, 밴쿠버는 시끄러운 부관의 목소리에 눈살을 찌푸렸다.

"매복이 있다."

"매복 말입니까? 저놈들이 말입니까? …안 보입니다만?"

"목소리가 들렸다."

"예? 아, 예. 단장님이 그렇다고 하시면 그런 거겠죠."

부관은 이런 일은 익숙한 듯 금방 납득했다.

"들린 목소리는 게오르그 자작의 것이었다. 하지만 자작에게 이런 작전을 펼 병력은 남아 있지 않지. 아무래도 다르키아 왕국군 본대가 개입한 모양이로군."

"병력 문제겠습니까? 머리가 안 되죠."

밴쿠버의 말에 부관은 껄껄 웃으며 자신의 머리를 가리켰다. 밴쿠버는 마주 웃어주지는 않았다. 부관의 웃음도 곧 그쳤다.

"우회해서 포위한다. 7백인대까지는 북으로, 14백인대까지는 남으로 돌아 산을 둘러싸라. 백합의 자랑인 얇은 하얀 선(Thin white line)을 적들에게 보여줘라."

"예, 단장님!"

부관은 곧 그 우렁찬 목소리로 단장의 명령을 전파했다.

"자, 그럼 총사령관 나리의 실력을 한번 볼까?"

백합의 단장, 밴쿠버는 그제야 이를 드러내어 보이며 웃었다.

*   *   *

"선형진(線型陳)이라니, 재미있는 발상을 해내는군."

적들의 움직임을 본 로렌은 금방 적의 전술을 간파해 냈다.

선형진. 지구에서는 머스킷, 혹은 조총이라 불리는 화약 무기가 등장한 이후에나 개발된 전술이다.

아직은 보병의 밀집 진형이 표준인 이 세계의 지금 시대에는 혁신적인 발상이라 아니할 수 없었다.

적과 상대가 똑같은 장창병 방진이라면 선형진을 짠 쪽이 일방적으로 밀려나겠지만, 란체 드워프들은 쇠뇌를 든 데다 공력을 다룰 줄 안다.

일반적인 쇠뇌병이라면 강철 방패를 땅에 박고 엄폐물로 삼아 재장전을 하겠지만, 이들은 장창병과 돌격병의 역할을 겸한다.

애초에 선형진이 등장하게 된 것이 머스킷의 명중률과 재장전 문제에서 비롯된 것임을 생각해 볼 때, 쇠뇌의 재장전 시간을 벌기 위한 선형진은 나름 설득력이 있는 진형이 될 수 있었다.

어떤 의미로는 장창병과 머스킷병을 합쳐놓은 개념인 스페인의 테르시오를 떠올리게 만드는 진형이기도 하고 말이다.

그리고 마법사가 전면에 등장한 이상, 밀집 대형을 짜면 화염 폭발에 날아가 버릴 테니 선형진 쪽이 좀 더 합리적인 선택이 될 수 있었다.

비록 기사의 돌격에 대한 저지력은 크게 떨어지겠지만 란체 드워프들은 이미 게오르그 자작의 기사들을 물리친 전적이 있으니 뭔가 수가 있으리라. 직접 목격한 게 아니라 그 수가 뭔지는 잘 모르겠지만 말이다.

'게오르그 자작이 그걸 목격해 줬으면 좋으련만.'

게오르그 자작은 전쟁 내내 관저에 틀어박혀 명령만 내리다 졌다. 목격한 게 있을 리가 없었다. 그것도 포함해서 로렌은 자작이 이 전쟁에 도움이 되리란 생각은 이미 버린 지 오래였다.

그래서 로렌은 자작을 그냥 후방으로 보내 버렸다. 란체 드워프들 상대로 패배를 거듭해 이미 쪼그라들 대로 쪼그라든 그는 전공에 대한 욕심은 버렸는지 군말 없이 후방으로 가버렸다.

'나중에 꼭 죽여야지.'

로렌은 다시 한 번 다짐하고 적의 선형진을 타파할 방법에 대해 고심하기 시작했다.

*　　　　*　　　　*

답이야 간단했다.

지구 역사에서 전열 보병을 근대화 이전의 구식 유물로 보내 버리고 전쟁의 양상을 참호전으로 바꿔 버린 병기가 무엇인가? 그것은 대포도 아니고 소총도 아니다.

기관총이다.

화약도 없어서 못 쓰는데 기관총이 있을 리야 없지만, 로렌에게는 대체품이 있었다. 그것은 바로 로렌 자신이었다. 굳이 육연 주문을 활용할 것도 없이, 그냥 마법 화살을 난사하면 된다. 마법 화살 정도야 몇 시간씩 연사해 댈 수 있는 게 지금의 로렌이었다.

문제는 마법 화살을 기관총처럼 쏴댈 수 있는 게 여기서는 오직 로렌뿐이라는 점이었다.

"아주 그냥, 모든 쇠뇌가 날 노리겠지."

아무리 로렌이 별의 영역에 이른 마법사에 탈각의 경지에 오른 기사라지만 넓게 펼쳐 선 전열 보병의 일제 사격에는 무적을 확신할 수 없다. 부담스럽다.

"응?"

로렌은 자신의 생각에 나타난 빈틈을 찾아내었다.

"병사들은 목숨 걸고 싸우는데, 나는 고작 부담 정도 느낀다고 몸을 사린다?"

말이 안 되는 소리였다. 더군다나 방금 생각해 낸 전술의 이점도 금방 드러났다.

모든 쇠뇌가 로렌을 노린다? 그럼 다른 아군들은 안전하다는 소리 아닌가!

답은 금방 나왔다.

"장궁병을 전진시켜라."

"예!"

그러면 장궁병이 위험하다느니 한마디쯤 할 법한데도, 정확히는 디셈버의 열렬한 추종자인 르블랑은 한 치의 대꾸도 없이 곧장 명령을 실행했다. 장궁병들의 목숨보다는 디셈버의 명령이 더 중요하다고 생각하는 것 같았다.

이런 르블랑의 태도를 불쾌해할 시간은 없었다. 장궁병들의 위치를 새로 잡아준 후, 로렌은 곧장 몸을 날렸다. 장궁병의 움직임을 보고 적들이 쇠뇌를 겨누기 전에 그가 표적이 되어줘야 했으므로.

"적이 사선에 들어오면 즉각 사격하도록 명령해. 마법사들도 준비시키고."

"사령관 각하, 어디 가십니까?!"

르블랑은 놀라 소리 질렀다. 장궁병의 안위야 걱정할 게 못되지만 사령관의 목숨은 그게 아닌 모양이었다. 부관으로서는 합격점이다. 그 부관에게 로렌은 이렇게 윽박질렀다.

"명령을 전달하라, 부관!"

"아, 알겠습니다!"

도약, 도약! 로렌의 몸이 허공을 박차고 정면으로 날았다.

적이 있는 곳으로!

        *   *   *

밴쿠버는 적들의 움직임을 보고 조금 놀랐다. 장궁병들이 엄폐물에서 벗어나 전진 중인 걸 보았기 때문이다.

"장궁병을 희생시켜서라도 이쪽 손실을 노리는 건가?"

비정하지만 나쁘지 않은 판단이다. 밴쿠버는 적 사령관에게 높은 점수를 채점해 주며, 부관에게 명령했다.

"사격 준비."

"사격 준비!"

부관의 외침이 메아리가 되어 각 백인대에 전달되는 과정은 사내의 가슴을 뛰게 만드는 무언가가 있었다. 그러나 밴쿠버는 눈썹 하나 까딱하지 않고 계속해서 명령을 내렸다.

"적이 사선에 들어오면 즉시 사격하라."

"견적필살(見敵必殺)!"

밴쿠버의 명령을 간략화한 외침이 다시 호령되었다.

다음 순간, 적들을 노려보던 란체 드워프들 모두가 경악할 만한 일이 일어났다. 적진에서 사람 하나가 휙 날아오더니 아군을 공격하기 시작한 것이다.

"겨, 견적필살!"

"발사! 발사하라!!"

아무리 백전백승의 베테랑들인 백합의 백인대장들이라도 이런 건 처음 보는지 당황한 기색이 역력했다. 딱 1초의 망설임이 그들의 운명을 갈랐다.

쾅!

화염 폭발이 명령을 외친 백인대장들을 향해 날았다. 그들의 외침 때문에 지휘관임을 들킨 것이다. 그리고 당연히 지휘관을 잃은 군대는 통솔력이 떨어지고 사기 또한 떨어진다.

"적은 마법사다! 반복한다, 적은 마법사다!!"

"견적필살! 큭!!"

그 폭발에도 용케 버틴 백인대장들은 얼굴빛을 바꿔 지휘하기 시작했다. 수백의 쇠뇌가 적진에서 혼자 툭 튀어나온 마법사를 겨누었다. 타타타탕! 그들만의 특별한 금속 합금으로 만들어진 시위가 쇠뇌 전용의 짧은 화살인 쿼럴을 튕겨내는 소리가 경쾌하게 울려 퍼졌다.

"도약."

밴쿠버의 귀로 마법사가 그렇게 중얼거리는 소리가 쿼럴 발사되는 소리에 섞여 들렸다. 동시에 마법사의 신형이 물리법칙을 무시하며 공중으로 치솟았다. 애초부터 일제사격이었다. 잘 훈련된 것이 오히려 화근이 되어 수백의 쿼럴은 지상을 가르고 있었다.

"다음! 다음 사격!!"

적이 공중이 떴으니 이젠 쉬운 표적이 되었다. 그렇게 생각하기 쉬웠지만 그렇지가 않았다. 마법사가 이쪽을 향해 손가락을 겨누었기 때문이다.

"허!"

밴쿠버는 짧게 웃으며 그의 장창에 힘을 불어넣었다. 이 장창으로 마법 화살 정도라면 얼마든지 쳐낼 수 있다. 화염 폭발이라도 갈라 버릴 것이고.

그러나 마법사가 노린 건 밴쿠버가 아니었다. 마법사 주변이 갑자기 하얗게 빛났다. 그게 마법 화살의 미약한 빛이 수십 개 합쳐져서 내는 빛이라는 걸 뒤늦게 알게 된 밴쿠버는 경악했다.

*   *   *

수백 발의 마법 화살이 끊임없이 적진을 두들겨 대었다.

마법 서킷을 쓰지 않아도 강화 마법 화살을 연사하는 데 무리는 없었다. 그냥 마법 화살을 쏴대다 강화 마법 화살로 바꾼 건 적들이 평범한 마법 화살에는 별 피해를 받지도 않았기 때문이었다.

"거참, 더럽게 단단하네!"

로렌은 그렇게 말하면서 마법 서킷에는 화염 폭발을 채워 던졌다. 육연 주문이 아닌 연쇄 주문으로. 쿠콰콰콰! 세 발의

화염 폭발이 동시에 폭발해, 20여 명의 란체 드워프가 휘말려
목숨을 잃었다.

명색이 연쇄 화염 폭발인데 20명이라니, 수지가 안 맞았다.
이것도 적들이 선형진으로 흩어져 있기 때문이다. 그것도 백
인대장의 명령에 따라 순식간에 산개를 하는 모습은 저들이
얼마나 많은 훈련을 쌓았는지 짐작할 수 있게 해줬다.

'그렇다고 폭발 주문을 쓸 수도 없고.'

화염 폭발의 발사체를 보고 산개 명령을 내리는 거라면, 그
냥 폭발 주문을 쓰면 되지 않겠냐고 생각할 수 있겠지만 오히
려 그게 더 효율이 안 좋았다.

역시 강화 마법 화살을 한 놈 한 놈 꼬박꼬박 박아주는 게
제일 나았다. 이걸로도 한 발에 한 놈씩 따박따박 처치할 수 있
는 건 아니지만, 지속적으로 전투 손실을 유도할 수 있으니까.

"슈팅 게임이라도 하는 기분이로군!"

로렌은 김진우 시절의 추억을 떠올리며 강화 마법 화살을
드르르르륵 긁어대었다.

"오."

적들은 피해를 입으면서도 다시 일제사격을 준비해 왔다.
도약 도약 도약. 로렌은 아무렇지도 않게 물리법칙을 거스르
면서 회피 기동을 해왔다.

푹.

"흐."

그럼에도 불구하고 워낙 발사되는 쿼럴이 많은지라 세 발 정도가 로렌의 피부를 꿰뚫고 살 속으로 파고들었다. 로렌은 비명 대신 헛웃음을 내뱉으며 공력으로 몸에 박힌 쿼럴을 밀어내고 회복 마법을 돌려 상처를 치유해 버렸다.

평범한 쇠뇌에서 발사된 쿼럴이라면 공력으로 강화된 로렌의 신체에 아예 박히지도 않았겠지만, 적들의 쇠뇌는 평범한 게 아니었다. 그리고 로렌은 그걸 잘 알고 있었다. 사전에 정보를 미리 입수해 둔 터였으니까.

알고 있음에도 무리한 거다.

"그래도 나니까 이거 맞고 안 죽는 거지."

로렌은 고통을 무시하고 계속해서 마법을 쏴대었다. 그가 적들의 시선을 한 몸에 끌어 모으고 있는 동안, 아군 장궁병들이 정위치에 도착했다. 로렌은 도약 주문을 써 단번에 뒤로 물러나며 외쳤다.

"일제사격!"

"사격하라!!"

로렌이 사선에서 벗어나자마자, 장궁병들이 일제히 화살 먹인 시위를 놓았다. 아무리 적들의 쇠뇌가 특제품이라지만, 장궁보다 사거리가 길지는 않다. 아군의 공격이 일방적으로 적들을 유린했다!

＊　　　　＊　　　　＊

밴쿠버는 주먹을 꽉 쥐었다.

"…저놈도 축복받은 자였단 말인가?"

그럴 리가 없었다. '그분들'은 다수로 이뤄져 있지만 하나의 세력이었다. 하나의 사안에 있어서 하나의 결정밖에 내리지 않는다. '그분들'이 두 패로 나뉘어 싸우는 일은 밴쿠버가 아는 한 없었다.

이건 축복받은 자들도 같다. '그분들' 중 누구의 축복을 받았더라도 기본적으로 축복받은 자들은 같은 편이다. 적어도 신탁을 수행 중이라면 말이다.

'한데 그럼 저놈은 대체 뭐란 말인가?'

저 10대 후반 이상으로는 보이지 않는 로어 엘프 소년이 휘두르고 있는 저 거력. 일반적인 방법으로는 절대 손에 넣을 수 없는 힘. 그가 축복받은 자라는 그 무엇보다 강력한 증거다.

'배신자?'

있을 수는 있는 일이다. 축복을 한 번 받아본 자가 '그분들'을 배신하는 일이 과연 일어날까 싶지만, 적어도 불가능한 일은 아니다.

그 경우의 수를 떠올리자마자 밴쿠버의 심저에서부터 용암

과도 같은 분노가 분출되었다.

"감히! '그분들'을 배신하다니!!"

"예?"

밴쿠버의 옆에 서 있던 부관이 영문을 모르고 고개를 갸웃거렸지만, 밴쿠버는 아랑곳하지 않았다.

"전군 돌격! 저 비쩍 마른 로어 엘프 나부랭이를 격살하라!!"

"저, 전군 돌격!!"

          *   *   *

밴쿠버는 분노로 이성을 잃고 내린 명령이었지만, 그 명령에는 나름 합당한 면이 있었다. 장궁보다 짧은 쇠뇌의 사거리를 보완하고 반격하기 위해서는 어쨌든 앞으로 나아갈 필요가 있었으니 말이다.

와아아아아!

란체 드워프들이 장전된 쇠뇌를 들고 달려왔다.

"궁병대, 조준 사격으로 전환하라."

로렌은 명령을 내리고, 도약 주문을 통해 다시 전면으로 향했다. 등 뒤에서 궁병대장의 복창 소리가 점점 멀어졌다.

로렌이 도약 주문으로 공중으로 솟구치자, 그의 발 아래로 조준 사격을 행하는 화살들이 적들을 향해 날았다. 장궁의 장력도 결코 약한 게 아니라 적들을 꿰뚫고 있었지만, 강인한 란체 드워프들은 쉽게 죽지 않고 쇠뇌로 대응 사격을 행하고 있었다.

"저놈이다! 저놈을 죽여라!!"

시뻘게진 눈으로 이쪽을 노려보며, 분노에 가득 찬 외침으로 로렌을 손가락질하는 적 대장의 명령 덕에 쇠뇌의 표적은 장궁병이 아니라 로렌으로 곧 바뀌었지만 말이다.

로렌에겐 좋은 일이었다. 그동안 모습을 숨기고 있던 대장이 특정되었으니, 저놈을 처치하면 적의 사기가 그만큼 떨어질 것이다. 로렌은 곧장 폭발 주문을 준비했다.

"허억!"

그러자 적 대장이 갑자기 깜짝 놀라더니, 장창을 땅에 박고 장대높이뛰기라도 하는 것처럼 풀쩍 뛰어 뒤로 물러나는 게 아닌가! 그 모습을 본 로렌도 놀랐다. 마치 폭발 주문이 자신에게 위협이 될 걸 알아채기라도 한 것 같은 반응이었다.

'기사단장급도 못하는 곡예를!'

그 곡예란 건 뒤로 뛰는 게 아니었다. 바로 폭발 주문의 감지였다.

마법사의 주문을 사전에 눈치채는 건 기사는 물론이고 같은 마법사도 수준이 한참 차이 나지 않는 한 불가능하다. 로렌이야 적의 마법을 마음껏 감지해 내지만 그건 그가 별의 영역에 도달한 대마법사라 가능한 짓이었고, 보통은 못하는 게 정상이다.

마법 화살이나 화염 폭발 같은 건 아무 위협도 안 되는 듯 돌진해 왔으면서 폭발 주문을 준비하니까 도망치는 것도 수상하고.

로렌은 금방 정답에 도달했다.

'저놈이 축복받은 놈이구나!'

위험 감지 같은 능력을 축복으로라도 받은 거겠지. 상세한 내용을 추측해 낼 생각은 없었다. 가장 중요한 건 저놈을 쳐 죽이는 것이었으니까.

축복받은 자들만 제거하면 변수가 사라진다!

로렌은 난사하던 마법 화살을 거두고 모든 집중력을 마법 서킷에 기울였다. 폭발 주문을 취소하고 마력을 뽑아내 버린 로렌은 곧장 다음 주문을 준비했다.

별의 몸을 이용한 마법 능력으로 화염 폭발을 날리면서 세 개의 마법 서킷에 전격 폭발을 준비해 놓고 순차적으로 발사하기 시작한 것이다.

적이 강력한 주문에 대한 위기 감지와 회피 능력을 축복으로 받아 갖고 있다면, 작은 기술로 피해를 누적시켜 잡겠다는 발상이었다.

빠직! 빠직! 빠직! 쿠콰콰콰쾅!!

세상에 알려진 마법사 중에서는 로렌만이 가능할 전격 폭발 육연 주문!

전격이 어지럽게 전장에 수놓아졌고 그 전격이 적중한 곳에는 어김없이 폭발이 이어졌다. 그 와중에 자신을 노리는 쿼럴 세례를 피하기 위해 도약까지 섞어 쓰고 있으니, 그야말로 현란하기 짝이 없었다.

"저, 저게 뭐야! 괴물인가?"

"우리 사령관님이 괴물인 건 알고 있었지만 진짜 괴물이었네!"

적과 아군 사이에서 터져 나오는 경악과 찬탄의 목소리를 무시하며, 로렌은 적 축복받은 자를 잡기 위해 온 힘을 기울였다.

로렌 본인이 일으킨 폭연 속에 숨어들어 적의 저격을 피하는 건 물론이오, 그렇게 적과 아군의 시야에서 벗어난 틈을 타 각인검을 빼어 들어 적의 품속에 파고드는 건 덤이었다.

"무슨 마법사가!"

적 축복받은 자가 놀라 외쳤지만, 그는 말을 끝까지 맺지도 못했다. 각인검에서 화르륵 뿜어져 나오는 화염을 얼굴에 정면으로 맞았기 때문이다. 시야를 가리고 빈틈을 찾아냈으니 이제 결정타를 찔러 넣는 일만 남았다.

"윽!"

그러나 로렌은 직감적으로 도약 주문과 함께 화염 폭발을 응용해 뒤로 크게 물러났다. 자신이 일으킨 폭발에 스스로가 휘말리는 건 바보 같아 보이지만 효과만은 좋아서 로렌의 몸은 거인이 등 뒤에서 잡아당긴 것처럼 쭉 빠졌다.

그리고 로렌이 방금 전까지 있었던 자리를 적의 창극이 후벼대고 있었다.

얼굴로 화염을 받아내면서도 태연하게 반격을 하다니! 경악스러운 일이었지만 오래 경악하고 있을 수는 없었다. 상대는 축복받은 자다. 사실 무슨 짓을 해도 놀라울 게 없었다.

로렌의 몸이 폭연 속에서 빠져나오면서 적 용병들이 다시 쇠뇌를 겨눠 쏴대었다.

타타탕!

로렌은 도약 주문을 통해 회피를 시도했지만 두 발의 쿼럴이 그의 다리를 꿰뚫었다. 이 정도만 해도 많이 피한 거긴 했다. 그를 노리는 쇠뇌가 100발씩은 되니, 98%의 회피율이라면 정말 우수한 것 아닌가!

로렌은 고통에 신음할 틈도 없이 화염 폭발을 터뜨려 자신의 모습을 폭연 속에 감추고 이번엔 땅에 납작 달라붙어 달리기 시작했다. 도약 주문을 썼다간 폭연에서 나오는 모습이 너무 적나라하게 드러나니 어쩔 수 없이 사용한 방법이었다.

자욱한 폭연 속임에도 로렌은 자신을 노리고 누군가가 달려오고 있음을 알아챘다. 방향은 똑바로 로렌을 향해.

"저놈의 축복은!"

로렌은 끝까지 말하지 않았다.

대신 란체 드워프 용병 한 놈의 장창을 빼앗아 들어 그 기척을 향해 찔렀다. 땅에 발을 붙이지 않고 허공에서 창을 찌르느라 비천뇌극창의 극의까지 담지는 못했지만, 리히텐베르크류 창술의 비의를 얻은 그의 일격은 오묘해서 피해내기 쉽지 않을 터였다.

그런데 이것마저도 위기 감지가 통한 건지, 적은 로렌의 창극을 뒤로 휙 뛰어 피해 버렸다. 그걸로 됐다. 거리가 벌어졌으니 로렌은 마음 놓고 자리에서 벗어나며 다른 적들을 향해 전격 폭발을 던져주었다.

빠직! 쿠쾅!

"*끄악!*"

잘만 쏘면 철기병 한 부대도 집어삼키는 전격 폭발로 고작 서너 명의 란체 드워프를 죽인 게 분통 터지긴 했으나 이제는 슬슬 인정할 때가 되었다. 저놈들 하나하나가 모두 평기사급의 전투력을 지녔음을!

그렇게 따지면 전격 폭발 한 발로 서너 명쯤 죽인 건 꽤 효율이 좋은 편에 속했다.

이런 적들을 상대로 혼자 달려들어 지휘관만 쏙 죽이고 빠지긴 힘들었다. 자신의 무모함을 인정한 로렌은 뒤로 쭉 물러나 아군 측에 합류하며 외쳤다.

"적을 섬멸하라! 마법사! 마법사!!"

장궁병들이 적들을 향해 화살을 어지러이 쏴붙이고 루시아 대공의 마법사 부대가 로렌의 외침에 나타나 화염 폭발을 날려대었다. 로렌도 마법사 부대와 합류해 연쇄 화염 폭발을 날려대니 적들의 돌격도 좌절되었다.

"적들이 후퇴하기 시작합니다."

"깊이 쫓지 마라."

르블랑의 보고에 로렌은 손을 휘휘 내저었다. 적들이 퇴각한다고 쫓아서 개지(開地)로 나갔다간 재차 돌격을 먹을 게 틀림없었다.

"우리도 후퇴해서 아군과 합류한다."

매복과 기습은 실패했으니, 이제 리처드 남작이 이끄는 기사단과 합류해서 본격적인 정규전을 벌여야 했다.

*   *   *

"끄어어어어억!"

란체 드워프 용병단 '백합'의 단장, 밴쿠버는 머리를 움켜쥐고 고통스러운 듯 지면을 긁어대고 있었다. 손톱이 뽑혀서 피가 나고 있지만 그 정도 고통은 비교도 안 될 두통이 그의 영

혼을 뒤흔들어 놓고 있었다.

[위기 감지] 축복의 남용이 발생시킨 후유증이었다. 하루에 한 번만 발동시켜도 남용했다 할 [위기 감지]를 방금 전에 5분 간격으로 몇 번씩이나 써댔으니 당연히 감당해야 할 후폭풍이었다.

그러나 죽는 것보단 낫다! 위기 감지가 없었더라면 밴쿠버는 오늘 다섯 번은 죽었다. 그걸 두통으로 때웠으니 얼마나 남는 장사란 말인가?

"끄루루루루룩!!"

그건 그렇다 치지만 너무 아팠다. 머리통을 도끼로 쪼개다 못해 지면에다 대고 갈아대는 것 같은 고통에 밴쿠버는 몸부림을 쳐댔다. 보통 이 정도 아프면 기절을 해야 하는데, 너무 아파서 기절조차 못 하고 있었다.

"그, 그 배신자! 반드시 죽인다!!"

본인이 능력을 남용한 탓에 닥쳐온 고통을 로렌 탓으로 떠넘기며, 밴쿠버는 다시금 로렌에 대한 살의를 다졌다.

*　　　　*　　　　*

사실 로렌은 리처드 남작이 축복받은 자라고 생각하고 있었다.

대단히 상식적이고 논리적인 귀결이다. 리처드 남작이 초월적인 존재의 간섭이나 기연 같은 것도 없이 그냥 저렇게까지 강해졌다는 게 오히려 비논리적이니까.

하지만 그렇다고 그게 로렌이 리처드 남작을 적대시해야 한다는 논리로는 이어지지 않는다.

아직 리처드 남작이 정말로 신탁을 받아 그걸 따라서 성과를 내고 축복을 받았다는 확증 같은 건 없다. 본인의 증언을 들은 것도 아니고.

그렇다고 '불확실성'이 리처드 남작을 적대시하지 않아도 된다는 논리의 근거가 되지 않는다.

로렌은 루시아 대공에게서 이런 말을 들었다. '그분들'은 '다수'다.

그렇다면 이런 가설을 세울 수도 있는 것 아니겠는가?

리처드 남작이 설령 축복을 받았다면 그 축복을 내린 '그분들'은 로렌과 라핀젤의 편일 것이다.

이 가설이 참이 아니라면 로렌이 처음 라핀젤과 함께 리처드 남작의 군영에 방문했을 때, 리처드 남작이 그들의 머리를 깨부쉈어도 이상하지 않다.

그러나 그런 일은 일어나지 않았다. 그렇기에 성립하는 가설이다.

그리고 이 가설은 리처드 남작이 아예 축복을 받지 않고 혼자 힘으로 강해졌을 경우의 수와 함께 놓아도 논리적인 모순이 발생하지 않는다.

이 경우에는 이런 괴물이 아무런 초월적 간섭 없이 탄생했다는, 별로 믿고 싶지 않은 명제가 참이 되어버리긴 하지만 말이다.

'뭐, 내가 할 말은 아닌가.'

어쨌든. 그러므로 로렌은 '축복받은 자'를 상대하기 위해 리처드 남작을 전면에 내세우는 것을 꺼릴 이유가 없다.

*   *   *

적의 야습은 없었다. 로렌은 본인이 직접 야간 순찰까지 돌면서 방비를 했는데, 그 덕인지 아니면 그냥 적들이 소극적인 건지 밤은 조용히 지나갔다.

로렌 측도 마찬가지로 야습을 시도하지 않았다. 병사 하나하나가 초인에 가까운 란체 드워프를 상대로 야습이 그리 효과적일 것 같지 않았기 때문이었다.

그렇기에 로렌이 지휘하는 다르키아 왕국군과 도이힐 영주 연합에 고용된 란체 드워프 용병단 '백합'은 날이 밝은 후에 전선에서 대치하게 되었다.

"드디어 드워프와 마주하게 되는군!"

전날은 전투에 참여하지 못했던 리처드 남작이 좀이 쑤신
다는 듯 외쳤다.

당연하게도 '백합'은 적의 전부가 아니다. 일종의 선발대라
고 쳐도 됐다. 다르키아 왕국군 우군(右軍)의 주력 부대라 할
수 있는 기사단까지 투입한 오늘 전투에서 패하면 다르키아
왕국에 미래는 없었다.

그리고 그런 일은 일어나지 않았다.

"꼭 내 등 뒤에 타야 하나? 너무 싱거워질 것 같은데."

전투에 나가기 전에 리처드 남작이 투덜거렸다.

그리고 그의 말이 현실이 되었다. 오히려 로렌이 전투 전에
적을 무시하지 말라는 둥, 방심하면 당할지도 모른다는 둥 하
는 말들이 사족이 되어버리고 말았다.

왜냐하면 리처드의 말에 탄 로렌이 전장에 나타나자마자,
적 용병단 '백합'의 단장 밴쿠버가 부리나케 도망쳐 버렸기 때
문이다.

"저, 저! 저놈, 뭐야!"

적들 중에 가장 강한 게 누군지 본능적으로 알아챈 리처드
남작은 바로 그 가장 강한 적이 나 몰라라 내빼는 걸 보고 놀
라 외쳤다.

"적 대장입니다!"

"그건 나도 알아!"

리처드 남작은 자신의 말에 박차를 가하며 공력을 불어넣었다. 말로만 듣던 아보가르도류 기마술이다.

'으으윽?!'

로렌은 남작의 공력이 말뿐만 아니라 자신에게도 흘러들어오는 감각에 몸서리쳤다.

"아, 너한테도 갔냐? 신경 쓰지 마!"

리처드 남작은 금방 바로 로렌에게 흘러들던 공력을 차단해 버렸다.

'이게 승화의 경지에 오른 기사의 공력인가!'

그러나 로렌은 그 한 방울의 공력을 맛본 것만으로도 다음 경지에의 힌트를 많이 얻었다.

'지금 중요한 건 이게 아니지!'

로렌은 이를 악물었다. 적의 첫 번째 방어선에 충돌할 시점이었다.

적 란체 드워프가 내쏜 쿼럴이 어지럽게 날아들어 리처드 남작과 말에 꽂혔지만, 남작은 아랑곳하지 않고 말을 내달리게 했다. 뒤이어 장창이 리처드 남작의 배와 가슴을 노리고 날아들었지만 남작은 말의 속도를 줄이지 않았다.

우드드드득, 꾸드드드득.

끔찍한 소리가 났다. 실로 끔찍한 광경이었다.

적들의 창극이 리처드 남작의 갑옷을 파고들었지만, 피부는 꿰뚫지 못하고 그 자리에서 구부러지고 부러지고 으스러지는 소리였다!

"미친!"

로렌은 자신도 모르게 그렇게 소릴 지르고 말았다. 이 괴물 같은 기사는 정말로 말도 안 되게 강해진 것이다. 대장장이보단 용병에 더 가까워지긴 했지만 드워프가 직접 두들겨 만든 강철 창보다도 단단한 피부라니, 농담 같은 소리지만 현실이었다.

"야! 놀고 있지 말고 마법 좀 쏴봐! 저놈 도망가잖아!!"

리처드 남작은 전투용 망치를 획획 휘저어 길을 뚫고는 있지만 한계가 있었다. 그 한계란 게 눈앞에 망치를 한 번 휘두르면 그 여파에만 십수 명씩 휩쓸려 뒤로 날아가는 정도지만 어쨌든.

"흠, 알겠습니다."

로렌은 가볍게 마법을 흩뿌려 주었다.

퍼퍼퍼펑! 빠지지직! 쾅! 쾅! 쾅!!

강화 마법 화살, 화염 폭발, 전격 폭발이 화려하게 전장을 수놓았다.

"뭐, 뭐야?!"

리처드 남작은 자신의 등 뒤에 앉은 마법사가 벌인 살육의 현장에 놀라 뒤를 돌아보고 말았다. 그 시선에 실린 감정은 명확한 경악이었다. 로렌은 그 시선에 흡족하게 생각했다.

'그러고 보니 남작은 내가 별의 영역에 오른 뒤에 정식으로 마법을 쓰는 걸 보는 건 처음이었군. 그렇다면 놀랄 만도 하지.'

기실 그러했다. 마법사라는 존재를 대충이라도 알고 있다면, 그들이 마법에 최소한도의 집중을 필요로 한다는 것을 알고는 있을 테니까.

물론 로렌은 별의 영역에 오르기 전에도 말 위에서든 하늘을 날아다니면서든 마법을 써댔지만, 발레리에 대공과의 전투에서도 남작이 로렌과 똑같은 전장에 서 있던 적은 없으니.

여하튼 로렌이 방금 보여준 묘기는 리처드 남작 마음속의 마법사에 대한 선입관을 부숴 버리기에 충분했다.

"크흐흐흐! 좋아, 간다! 달려보자!"

리처드 남작은 흥이 돋은 듯 외쳤다.

*   *   *

'아니, 이럴 거면 매복 같은 거 안 하는 게 더 나을 뻔했네.'

로렌이 그렇게 생각할 정도로 기사와 마법사의 조합은 강력했다. 정확히는 승화의 경지를 연 기사와 별의 영역에 이른 마법사의 조합 이야기였지만 말이다.

평범한 기사라면 세 명의 란체 드워프도 베어내지 못하고 돌진을 멈춰야 했을 거고, 평범한 마법사라면 말 위에서 마법을 사용할 수도 없으니 그냥 짐짝이 되었을 테니까.

하지만 리처드 남작은 한 명 한 명이 기사급인 란체 드워프들을 전투용 망치로 마구 날려대며 진격을 거듭했고, 그 남작의 뒤에 탄 로렌은 강화 마법 화살과 화염 폭발의 난사로 적에게 막대한 피해를 입힐 수 있었다.

'아니 뭐, 매복이 들킨 게 크지만.'

만약 매복 작전이 성공했더라면 기사단이 퇴로를 끊어 적의 섬멸로까지 연결시킬 수 있었을지도 모르는 일이니까.

그러나 애초부터 매복이 성공했을 가능성은 매우 낮았다. 저 밴쿠버라는 용병단장은 '축복받은 자'라 그런지 위기 감지를 칼같이 잘하니 말이다.

'지난 생의 기억에 의지하지 못하게 되자마자 이런 꼴이라니.'

로렌은 씁쓰레하게 웃었다. 그가 지난 위기들을 헤쳐온 건 로렌 하트의 기억 덕이었다는 게 한층 더 확연히 드러난 결과였기 때문이다.

밴쿠버라는 자에게 위기 감지 능력이 붙어 있다는 정보는 로렌 하트로서 도저히 얻을 수 없었기에, 이번 작전도 절반의 성공에 그친 것이다.

그렇다. 이번 작전에서 적 용병단 '백합'의 섬멸에 성공한 건 아니었다.

위기 감지 능력을 제하더라도 밴쿠버의 무위가 보통이 아니었던 데다, 그가 살아남는 데 주력하느라 잡아 죽이기가 쉽지 않았던 탓도 있었다. 그리고 리처드 남작과 로렌은 멀쩡했지만, 이들의 뒤를 받쳐줘야 할 기사단과 다른 병사들은 그렇지 않았기 때문이기도 했다.

아무리 리처드 남작이라도 등 뒤의 공격까지 막아낼 수 있는 건 아니었고 그러면 로렌이 적들의 공격에 노출되니, 아무리 리처드 남작이라도 아군까지 버려두고 적진에 뛰어들기는 힘들었다.

무엇보다 최우선 격살 대상이던 '백합' 용병단 단장 밴쿠버의 사살에 실패한 건 뼈아팠다.

위기 감지 능력이 밴쿠버에게만 유효한 것이 아니라 군 전체의 지휘 능력에도 크게 영향을 끼친다. 그런데 밴쿠버의 도주를 허용해 버렸으니 적에게서 위기 감지를 빼앗는 데 실패했다.

밴쿠버가 직접 지휘하는 '백합'은 패퇴해 세력이 줄었지만, 밴쿠버 본인이 다른 용병단과 합류해 앞으로도 적의 지휘부가 그의 위기 감지 능력을 활용할 것이다.

당연하게도 이건 매우 골치 아픈 변수가 되리라. 매복, 기습, 은신, 공습. 로렌이 그동안 유용하게 사용해 왔던 반칙적인 전술들이 모조리 무효화될 테니까.

"네 말대로군. 적들을 얕봐선 안 되겠어."

리처드 남작이 머리를 긁으며 말했다. 전장인지라 머리를 감을 시간 따위 없었고, 그러니 당연하게도 비듬이 후두둑 떨어져 내렸다.

"밴쿠버라고 했던가?"

"분명 그런 이름이었을 겁니다."

로렌은 뒤늦게 손에 넣은 용병단 '백합'의 정보를 되새김하며 리처드 남작의 질문에 대답해 주었다.

"저놈, 용병단장 주제에 기사단장보다도 강하군. 기사로 치면 탈각의 경지를 두 번은 밟았을 강자다."

리처드 남작의 평에 로렌은 크게 놀라지는 않았다. 로렌도 같은 생각이었기 때문이다.

하지만 로렌은 밴쿠버와 창을 맞댄 적이 있지만, 리처드 남작은 그런 적도 없다. 그런데도 열심히 도망가는 밴쿠버의 뒷모습만 보고도 그의 경지를 추측해 내다니. 그가 이룬 경지가 로렌을 초월함을 여실히 실감시켜 주는 발언이었다.

"네, 탈각의 경지 세 번에 승화의 경지에까지 오른 분께 그런 평가를 받으면 밴쿠버로선 영광이겠죠."

로렌은 다소 툴툴거림을 섞어 말했다. 그러자 리처드 남작은 머리를 긁던 손을 떼어 흔들어대며 킬킬거렸다.

"비꼬지 말고. 저놈의 강함이 공력뿐만이 아닌 건 너도 알잖나?"

"네, 그게 가장 골치 아프죠."

로렌의 표정에 진지함이 돌아왔다.

위기 감지. 치명상을 입을 만한 공격을 미리 감지하고 회피하는 능력.

'역시 남작도 느끼고 있었군.'

로렌은 밴쿠버의 위기 감지 능력에 대해 리처드 남작에게 미리 말해주지는 않았다.

입으로 말한들 겪어보기 전엔 그 실태를 실감하기 힘든 능력인 데다, 미리 안다고 딱히 대응할 만한 방법이 없는 능력이다. 더욱이 로렌은 자신이 입안한 매복 작전을 실패했던 터라, 적의 능력에 대해 말한들 그것이 변명처럼 들릴 수도 있다고 생각했기 때문이다.

하지만 밴쿠버의 가히 예지능력에 가까울 정도로 예리한 그 능력에 로렌과 리처드 남작은 그를 격살할 기회를 몇 번이고 놓쳤다. 상황이 이쯤 되니 리처드 남작도 깨닫지 않을 수가 없었으리라.

"그리고 놈의 힘을 공력이라고 표현했지만, 정확히 따지자면 조금 다르군. 비슷하지만 달라. 저건 대체 뭐지?"

"…아마 각인의 힘일 겁니다."

란체 드워프들이 각인의 힘을 제대로 쓰고 있는 것 같지는 않지만, 틀림없었다. 그냥 공력처럼 써대고 있는 저들의 힘은 정확히 짚자면 각인의 힘이었다.

저 란체 드워프들이 대체 무슨 짓을 했는지 모르지만 안정적으로 각인의 힘을 모아서 공력처럼 써대고 있었다. 하기야 그러니 각인기예와 대장장이 일을 버리고 용병 사업에 뛰어든 거겠지만 말이다.

'아까운 짓을.'

로렌은 혀를 찼다.

"각인의 힘? 그게 뭐지?"

"공력 비슷한 겁니다. 보셨으면 알잖습니까?"

"그렇군."

리처드 남작은 쉽게 납득해 줬다. 다행한 일이었다. 이 괴물 같은 남자가 만약 각인의 힘까지 다루게 된다면 어떻게 될까? 로렌은 별로 생각하고 싶지 않았다.

게다가 지금은 같은 다르키아 왕국군으로 군대를 움직이고 있었지만, 리처드 남작은 엄연히 영주로서 하나의 세력을 이끄는 존재이고, 자작령의 로렌이나 왕실 마법사청의 디셈버와는 다른 세력이다.

지금이야 동맹이지만 10년 후에는 어떻게 될지 모른다. 그러니 로렌도 리처드 남작에게 손안에 든 모든 패를 다 까 보일 생각은 애초부터 없었다.

그래서 자세히 설명하지 않았는데…….

"네가 그 칼로 뿜어내는 게 각인의 힘이지?"

다소 무식한 모습만 보여줘서 간과하기 쉽지만, 이 리처드 남작이라는 남자는 사실 머리가 그리 나쁘지 않다. 오히려 좋은 편에 속한다. 특히 그의 직감은 무시할 만한 게 못 된다.

'그냥 모른다고 할걸!'

로렌은 생각했지만, 이미 늦었다. 하기야 모른다고 해봤자 그건 거짓말이고 이 괴물 같은 남자는 그 거짓말마저 간파해 낼 테니 헛된 몸부림이다.

*　　　*　　　*

이번에도 패퇴한 밴쿠버는 고통으로 땅바닥을 데굴데굴 구르고 있었다.

"두 명이나 배신을 하다니!"

밴쿠버는 이를 득득 갈았다.

오늘 그가 얻어야 했던 교훈은 뼈아팠다. 이미 여러 번 축복을 받아 강해졌음에도, 혼자 힘으로는 이번 신탁을 이행할 수 없을 것이라는 교훈이었다.

연합해야 했다. 그것도 보통 존재들과 연합해서는 안 된다.

적측에 축복받은 자가 둘이나 있는 이상, 이쪽도 최소한 축복받은 자 둘은 마련해야 했다.

"물러나서 본대와 합류한다!"

'백합'은 어디까지나 선발대에 지나지 않는다. 그 선발대만 갖고 게오르그 자작령을 유린한 건 대단한 성과였으나, 밴쿠버의 표정은 좋지 않았다.

용병단의 이름을 '백합'으로 바꾼 후 겪는 첫 패배다. 동시에 축복받은 자와 겨루게 된 첫 승부에서의 패배이기도 했다.

그동안 '백합'이 무적불패의 용병단으로 이름을 날릴 수 있었던 건 밴쿠버의 '위기 감지' 덕이기도 했지만, 같은 '축복받은 자'를 적으로 두는 걸 피해왔기 때문이었다.

그저 입맛이 쓰다는 한마디 남길 정도로 끝날 일은 아니었다.

'무적'이라는 칭호가 깨졌다. 이것만으로도 이미 사기가 바닥까지 떨어졌고, 평판도 마찬가지로 깨져 버리고 말았다.

첫 패배에 바닥까지 떨어진 부하들의 사기도 올려야 했고, 이름값이 떨어진 '백합'의 향후 운용에 대해서도 다시 생각해 봐야 하는 사태였다.

그 이전에, 밴쿠버 본인부터 정신을 차려야 했다. 그런데 이것부터가 쉽지가 않았다.

밴쿠버는 고개를 푹 떨어뜨린 채 퇴로에 올랐다.

$$* \qquad * \qquad *$$

어쨌든 승전은 승전이다. 승리를 기념해서 로렌은 소와 돼지를 도살해 장병들에게 먹였다.

비록 리처드 남작이나 바투르크의 소와 돼지 요리에는 미치지 못했으나, 병사들에게까지 고기가 돌아가는 건 원래대로라면 상당히 이례적인 일이다.

"아까운 짓을 하시는군!"

게오르그 자작이 혀를 찼지만 로렌은 그냥 못 들은 척해주었다.

자작이 무능한 게 그의 탓은 아니지 않은가? 잘 생각해 보니 그의 탓이 맞는 것 같다는 생각도 슬쩍 들었지만, 좋은 날에 영주를 공격해서 분위기를 깰 마음은 없었기에 그냥 두기로 했다.

"적들은 패퇴했고, 우리는 적들의 진군을 막았다. 하지만 이것으로는 부족하다. 우리는 진군할 것이다. 빼앗긴 국토를 되찾고, 침략자들을 섬멸시키기 위하여!"

로렌은 간결한 연설을 더했고, 위장을 고기로 채워 기분이 좋아진 장병들의 사기를 끌어 올렸다. 그리고 이 연설은 다른 누구보다 게오르그 자작의 기분을 끌어 올려주었다.

"각하… 제가 지금까지 저지른 무례를 용서해 주십시오!"

게오르그 자작은 눈물마저 글썽이고 있었다. 사람이 너무 단순한 게 아닐까? 그냥 착하지만 머리 나쁜 친구라면 그러려니 하겠지만, 이건 너무 속물적인 반응이다.

상대의 호의를 샀는데도, 로렌은 어째선지 기분이 좀 나빠지고 말았다. 물론 그런 내색은 하지 않았지만 말이다.

'죽이지는 않겠지만, 꼭 실각시켜야지.'

로렌은 내심 그렇게 다짐했다. 그냥 감정적인 판단인 게 아니라, 국가적인 차원에서도 이런 무능한 영주를 국경에 놔두는 건 너무 위험했다. 그래도 매국노보다야 나으니 최악은 아니지만 말이다.

어쨌든 내일부터는 오늘보다 더욱 힘든 전투가 예상된다. 적을 많이 죽이고 패퇴시키긴 했지만 본대와 합류해 돌아올 테니까. 지금까지는 상대해야 했던 축복받은 자가 밴쿠버 단한 명이었지만, 본대에는 더 많은 축복받은 자가 있을 것이다.

그러니 장병들을 미리 배불리 먹이고 사기를 북돋아둘 필요가 있었다. 전쟁은 로렌 혼자서 하는 게 아니니 말이다.

"건배!"

그렇다고 술을 줄 수는 없으니, 건배는 대충 물로 때웠다.

＊　　　　＊　　　　＊

다르키아 왕국군이 지금 진치고 있는 지역은 매복하고 기습하기 좋은 곳이지, 전면전에 좋은 지역은 아니었다. 더군다나 상대에 밴쿠버가 있으니 매복이나 기습 따위는 선택지에서 배제해야 했다.

때문에 로렌은 적들을 패퇴시키고 새로 얻은 지역으로 군영을 옮겼다.

옮긴 군영은 이전까지 '백합'이 사용하던 곳으로, 지대가 높아 시야 확보가 쉽고 적들의 기습을 좌절시키기 좋으며 적들이 비행 능력이라도 없는 이상 이쪽의 행동을 숨길 수 있다는 장점이 돋보였다.

대신 바람이 좀 심하게 불어 야영하기 조금 불편하다는 단점이 있긴 하지만 이점에 비하면 큰 단점이 아니다. 텐트를 쳐야 하는 군병들 입장에서는 큰 단점일 수도 있겠지만 말이다.

"각하, 작업이 완료되었습니다."

부관인 르블랑이 로렌에게 그렇게 보고를 올렸다. 라푼젤이 보내준 홍차를 마시고 있던 로렌은 고개를 끄덕였다.

'마음 편하게 하늘을 날고 싶군.'

무리를 해서라도 그냥 스칼렛을 데려오는 편이 나았을까. 로렌은 잠시 생각했지만 곧장 고개를 저었다.

이 국가적 위기에도 다른 마음을 품는 영주는 당연히 나올 수 있다. 애초에 배신자들이 이 사달을 만들어냈다. 혼란을 바라는 자들은 어디에나 존재하며, 혼란을 틈타 이득을 보려는 자들은 그보다도 많다.

라핀젤 자작령도 안전하지 않다. 레윈과 바투르크를 자작령에 남겨둔 이유도 그런 시도를 봉쇄하기 위한 억제력을 형성하기 위해서였다.

스칼렛을 남겨둔 것도 그 연장선상이었다.

대신 스칼렛은 자작령을 위해서가 아닌 구 발레리에 대공령, 현 카탈루니아 대공령의 방위와 왕도 다르키아델에서의 혹시나 모를 불상사를 방지하기 위한 수단이었다. 만약의 일이 발생하면 스칼렛과 탈란델이 방주를 움직일 것이다.

'생각할 게 많아지니 피곤하군.'

어쨌든 공중정찰은 필요한 일이었다. 군영이 안정되었으니, 쉴 수 있는 시간도 지났다.

"잠깐 다녀오지."

"…각하께서는 저희에게 중요하신 분입니다."

부관 르블랑이 말하는 '저희'에 어느 누구가 어디까지 들어가 있을까? 마법사? 로어 엘프? 다르키아 왕국? 마지막은 아닌 것 같아 진의를 캐묻고 싶어졌지만, 로렌은 그러지 않았다.

"다녀오겠다."

대신 로렌은 부관의 말을 일축했다.

애초에 하늘을 날 수 있는 게 그뿐이다. 필요하니 해야 했다.

로렌은 몸을 날렸다. 별의 몸으로 발동된 도약이 그의 몸을 하늘로 던져 올렸다.

어느새 하늘에는 별이 떠올라 있었다.

'금성은 보이지 않지만.'

해도 달도 지구의 것과는 다르지만, 하늘의 별만큼은 지구나 여기나 다를 바가 없었다.

＊　　　＊　　　＊

밴쿠버가 다른 용병단의 단장들과 만난 것은 완전히 해가 저문 뒤의 일이었다.

"용병단 백합의 무적불패라던 명성도 오늘로 끝이로군."

"너무 비꼬지 마. 그는 우리의 아군이다."

"적이었던 적이 없지 않나?"

"그야 그렇지. 우리를 적으로 돌렸다가는 더 이상 무적불패로 불릴 수 없었을 테니."

"이미 무적불패가 아닌데?"

"그냥 겁쟁이라고 불러야겠군."

천막으로 이루어진 작전 본부의 입구에 들어서기도 전에, 그런 이야기가 안에서 흘러나왔다. 안에 있는 사람들, 즉 다른 용병단의 단장들은 아마도 밴쿠버의 방문을 보고받고 타이밍에 맞춰 일부러 험담을 하고 있는 것 같았다.

하지만 위기 감지 능력은 전혀 반응하지 않았으므로, 밴쿠버는 태연히 천을 걷고 안으로 들어섰다.

"이게 누구야? 밴쿠버, 오랜만이로군! 정말로 오랜만이야."

"자네의 소식은 잘 듣고 있었네. 용병단 백합, 단독으로 자작령을 점령하다!"

"놀라운 성과야. 성과급을 기대해도 되겠는걸?"

밴쿠버는 손을 휙휙 저어 속이 빤히 들여다보이는 수작들을 물리쳤다.

"적중에 축복받은 자가 있다."

밴쿠버의 손짓에도 불구하고 그에게 계속해서 시비를 걸려는 단장들이 그의 말을 듣고 동시에 입을 닥쳤다.

"…패배에 대한 변명치고는 지나치게 치졸하지 않은가?"

긴 침묵 끝에 그런 질문을 던진 이를 밴쿠버는 바라보았다. 란체 드워프 용병단, '장미'의 단장. 이 자리의 홍일점이자 이 자리의 그 누구보다도 강한 힘을 지닌 이. 밴쿠버는 그녀를 전장에서 만나지 않기 위해 무던히 노력해 왔고, 그 성과가 바로 '무적불패'라는 명성이었다.

무적불패와 최강은 양립할 수 있다. 패배하지 않는다는 명제와 가장 강하다는 명제는 완전히 별개니까.

밴쿠버는 그녀의 눈을 피하며, 다른 이들에게 시선을 돌렸다. 밴쿠버가 들어오기 전에 천막 안을 가득 채웠던 그의 험담에 여성의 목소리는 섞여 있지 않았으므로.

"자네들이 말하지 않았나?"

밴쿠버는 코웃음 치며 되물었다.

"백전불패의 용병단, '백합.' 하지만 그 명성은 자네들을 상대하지 않음으로써 얻어진 것이지. 그리고 내가 자네들을 상대하지 않은 건, 자네들이 '축복받은 자'이기 때문이야."

사실 그 말은 거짓이다. 이 중에 '축복받은 자'는 '장미'의 퀘벡과 '목련'의 몬트리올뿐이니까. 그래도 상관없었다. 밴쿠버의 입장에서 그들 외의 다른 자들은 상대할 필요가 없다.

"축복받은 자인 내가 이끄는 백합을 패배시킬 수 있는 건 같은 축복받은 자뿐이야."

즉, '장미'나 '목련'만 아니라면 '백합'은 이들 모두를 상대로 해도 패배하지 않는다. 그런 속뜻을 담은 말이기도 했다. 그리고 그 명제는 명백한 참이었다.

"자네의 말은 거짓말이야, 밴쿠버."

란체 드워프 용병단 '목련'의 단장, 몬트리올이 입을 열었다.

"자네를 패배시킬 수 있는 건 축복받은 자가 아니라, 축복받은 자'들'이니까."

날카로운 눈빛이 밴쿠버를 훑었다. 그러나 밴쿠버는 위축되지 않았다. 그저 조용히 고개를 끄덕여 보였을 따름이었다.

다시금 자리에 무거운 침묵이 내려앉았다. 더 이상 누구도 밴쿠버를 안주 삼아 씹으려 들지 않았다.

"필요한 걸 말하게."

몬트리올이 말했다.

밴쿠버는 손가락을 두 개 펴 보였다. 그것으로 충분했다.

몬트리올과 퀘벡이 일어났다.

"다른 용병단들은 병력을 빌려주게. 어려운 싸움이 될 것 같군."

퀘벡의 말에 다른 용병단장들은 대답하지 못했다. 그저 무겁게 고개를 끄덕일 뿐이었다.

*　　　*　　　*

"골치 아프게 됐군."

로렌은 하늘에서 밴쿠버의 '백합'이 다른 4개 용병단과 합류한 것을 확인했다. 사실 4개 용병단이라는 것은 규모와 군영의 배치 등으로 유추한 것이고, 실제로는 더 많을 수도 있지만 그런 것까지는 신경 쓰지 않기로 했다.

모든 용병단에 '축복받은 자'가 단장으로 있을 거라고는 로렌도 생각하지 않는다. 하지만 전략을 짤 때 가장 빠지기 쉬운 함정이 지나치게 긍정적인 예측에서 비롯되는 실수임을 감안하자면, 로렌은 최악의 상황도 미리 상정해야 했다.

"'축복받은 자'가 다섯 명이 되어버렸을 가능성도 있겠어."

명률법을 이용한 은신으로 적 군영에 잠입해 볼까, 하는 생각도 잠깐 했지만, '축복받은 자'가 은신을 간파해 버리면 죽도 밥도 되지 않으니 그럴 수는 없었다. 게다가 적 세력에는 밴쿠버가 있다. '위기 감지'로 들킬 가능성이 매우 높았다.

같은 맥락에서 적 군영에 지나치게 접근하는 것도 좋지 않았다. 로렌은 전장에서의 경험을 바탕으로, 이 정도면 밴쿠버의 위기 감지가 발동하지 않으리라고 직감적으로 깨달은 거리를 유지하며 적 군영을 정찰했다.

"더 자세한 정보가 필요해. 스파이가 있으면 좋을 텐데."

용병이란 것들은 기본적으로는 돈으로 움직이는 것들이라 일부만 매수해서 스파이로 쓰는 것도 가능했지만, 란체 드워프의 용병단은 달랐다.

기본적으로 욕심 많은 종족인 드워프임에도 이상하게 타협하지 않는 영역이 있었고, 매수나 배신이 그 타협하지 않는 영역에 속한다고 한다.

로렌은 아쉬움에 입술을 깨물다가 결국 돌아섰다.

어차피 곧 완전히 해가 질 거고, 그러면 아무것도 보이지 않게 될 터였다. 완전히 해가 지고 나면 적들도 모닥불을 피우거나 횃불을 켜기는 하겠지만, 그런 조작이 가능한 정보를 믿을 생각은 애초부터 없었다.

있는 정보로 대책을 세울 수밖에 없다. 남은 선택지는 결국 그것뿐이었다.

46장
란체 드워프 몬트리올

밤이 지나고 해가 떴다. 양 세력은 마치 약속이라도 한 듯 군대를 움직여 진영을 이루고 전장에 서로의 세력을 마주했다. 두 세력이 전장으로 삼은 야트막한 언덕 하나 없는 광야는 다른 편법을 용납지 않고 오로지 온전한 힘으로만 상대를 꺾도록 강제하고 있었다.

그것은 로렌이 바란 바이나, 아마도 상대도 바란 바이리라.

"어쩌면 디셈버의 힘만으로는 부족할지도 모르겠습니다."

나지막한 목소리로 로렌은 리처드 남작에게 그렇게 고했다. 디셈버의 힘, 마법만으로는 부족할지도 모른다는 소리에 리처드 남작은 클클 웃었다.

"넌 너무 부정적이야."

리처드 남작은 자신만만했다. 하지만 로렌의 판단에는 나름의 근거가 있었다.

"밴쿠버가 도망치지 않는데요?"

밴쿠버가 신탁을 따름으로써 얻은 축복받은 능력인 위기 감지가 이 상황을 위기라 판단하지 않는다.

즉, 이 싸움은 적 세력에게 더욱 유리하다.

그렇게 판단할 수 있었다.

"그런 방법으로 판단할 수도 있군."

리처드 남작은 감탄한 듯 말했다. 그것과는 별개로, 그의 태도까지 바뀌지는 않았다.

"내가 이 자리에서 최소한 용병단장 한 놈은 죽인다. 그 뒤에 저 밴쿠버란 놈이 내빼는지 한번 보자고."

밴쿠버와 마찬가지로, 리처드 남작도 상대의 기량을 재는 능력을 갖고 있다.

그리고 그 리처드 남작이 이렇게 판단한 것이다.

최소한 한 놈은 죽일 수 있다.

"란체 드워프는 만만한 상대가 아닙니다."

"어느 정도 위험은 부담을 해야지. 전쟁인데."

역시 이번 전쟁은 쉽지는 않을 것이라고 리처드 남작도 판단하는 모양이었다. 하기야 여기에서 후퇴한다고 더 좋은 전장을 고를 수 있는 것도 아니다.

"저는 마법사 부대를 지휘하러 돌아가겠습니다. 도움이 필요하시면 바로 말씀해 주십시오."

지난 전투에서 로렌이 리처드 남작의 말에 탄 것은 전력을 집중해서라도 재빨리 밴쿠버를 격살하기 위해서였다. 그 작전은 실패했고, 실패한 작전을 계속 고집하는 건 좋지 않다.

이번에는 철저하게 정공법을 동원할 것이다.

"너야말로."

리처드 남작은 자신만만함을 잃지 않은 채 말했다.

"무운을 빕니다."

이야기는 여기까지.

이제는 싸울 시간이었다.

*　　　　　*　　　　　*

대치가 오래 이어지지는 않았다. 선형진은 '백합'만의 전술인 건 아닌 듯, 수천에 달하는 란체 드워프들이 줄에 줄을 이어 광야를 반으로 가를 기세로 선형진을 이루는 광경은 말 그대로 장관이었다.

그 장관을 넋 놓고 보고만 있어서는 안 된다. 선형진의 양

끝단에 위치한 부대들이 다른 부대들보다 더욱 빠르게 움직이고 있었다. 이대로 그냥 내버려 두면 다르키아 왕국군은 포위당해 버릴 것이다.

그런 란체 드워프들을 상대하는 왕국군의 전술은 단순했다.

"기사단, 돌격!"

리처드 남작이 우렁차게 외쳤다. 그가 특기로 하는 선사시대의 싸움법, 모루 없는 망치 전술이다. 그 첨단에 서는 리처드 남작을 그 누구도 막아낼 수 없기에 성립하는 무식하다면 무식한 전술.

이 극단적이고 뒤가 없는 전술을 안정화시킬 방법을 미리 준비했기에 사령관인 로렌이 승인한 전술이기도 했다.

"장궁병, 사격 준비!"

돌격해 오는 리처드 남작의 기사단을 포위하려고 움직이는 적 란체 드워프의 시도를 봉쇄하기 위해, 쇠뇌보다 더 긴 사정거리의 장궁병을 배치했다.

"발사!!"

기사단을 포위하기 위해 반드시 통과해야 하는 지점을 향해 화살 비가 쏟아져 내렸다.

"버텨라! 위치를 고수해라!!"

화살 비에 후퇴라도 하게 된다면 포위의 의미가 없어지기에 란체 드워프들은 이를 악물고 버텼다.

기사에 준하는 내구력을 가지는 란체 드워프가 아니라면 자살행위나 다름없는 전술이었으나, 방패도 없이 용케도 버티고 기사단의 좌우 면에 접근해 쇠뇌의 사거리까지 접근해 내는 데 성공했다.

그러나 로렌은 란체 드워프의 내구력에 대해 모르지도 않았을 뿐더러, 얕보지도 않았다.

"화염 폭발, 준비."

"화염 폭발, 준비!"

마법사 부대의 부대장이자 로렌의 부관인 르블랑이 우렁찬 목소리로 로렌의 지시를 복창했다.

"발사."

"발사!"

연쇄 화염 폭발이 전장을 수놓았다. 본래대로라면 쇠뇌보다 사거리가 짧은 화염 폭발이나, 로렌은 자신의 화염 폭발로 아군 마법사들의 화염 폭발을 더 먼 곳으로 인도했다.

"오, 오오오!"

자신들이 쏜 화염 폭발을 바라보며 스스로가 감탄하는, 어찌 보면 자아도취적인 반응을 보이는 아군 마법사들을 로렌은 그냥 놔두지 않았다. 지금 분쇄한 것은 적의 좌측 포위망이었고, 우측 포위망도 분쇄해야 할 필요가 있었으므로.

"재차 화염 폭발 준비."

"화염 폭발 준비!"

곧이어 적의 우측 포위망이 무너져 내렸다. 비록 사용한 마력에 비해 전과는 형편없으나, 전술적인 효과는 실로 빛났다.

"분쇄하라!!"

리처드 남작이 가장 먼저 적진에 뛰어들어 적들을 분쇄하고 있었으므로.

양 날개가 적을 분쇄해 주길 바라며 적의 돌격을 버티기 위해 힘을 주고 있었던 란체 드워프 중앙 부대는 자신들이 의미 없는 행위를 하고 있음을 오래지 않아 깨달았다.

"쿠크라카!"

아무 의미도 없는 외침을 내뱉으며 리처드 남작이 해머를 휘두를 때마다 한 놈의 머리는 반드시 분쇄되었고, 그 여파에 십수 명의 란체 드워프들이 휘말려 날아가 진형의 의미 또한 분쇄시켰다.

"괴, 괴물!!"

좀처럼 겁을 먹지 않는 란체 드워프들의 얼굴에 명백한 두려움의 빛이 떠올랐고, 그런 란체 드워프들의 반응에 리처드 남작은 잔인한 미소로 화답해 주었다.

"죽어라! 난쟁이들아! 타점이 낮아서 머리 날리기도 딱 좋군!!"

무슨 골프라도 치듯 아래에서 위로 휘둘러진 리처드 남작의 해머에 란체 드워프의 머리가 그 자리에서 뽑혀져 하늘 위로 휙 날았다. 박살 난 시체는 태풍 앞의 지푸라기처럼 휘날려 생전의 동료들을 엎어뜨렸다.

"머리 날리기 좋은 날이야!"

그 비현실적인 광경에 넋을 잃은 란체 드워프들에게 다른 기사들이 달려들어 창을 찔러 죽였다. 본래대로라면 하나하나가 기사만큼 강하다는 평의 란체 드워프들이 아무렇지도 않게 격살당하고 있었다.

눈앞의 광경만 보면 아군의 압승이었으나 로렌은 좌우로 시선을 돌렸다.

밴쿠버도, 다른 단장들의 모습도 보이지 않았다.

'함정인가?'

확인해 볼 필요가 있었다.

"르블랑, 부대를 지휘하라."

"알겠습니다, 각하!"

이런 경우의 지시 사항도 이미 다 전달해 둔 터였다. 부관의 대답을 들은 로렌은 타고 있던 말에서 뛰어내려 곧장 솟구쳐 올랐다.

"마법사다!"

"격추해!!"

밴쿠버로부터 로렌에 대한 이야기를 전해 들은 건지, 란체 드워프들이 쇠뇌를 들어 하늘로 날아오른 로렌을 노렸다.

"훙!"

로렌은 강화 마법 화살을 비처럼 뿌려대어 적들의 격추 시도를 무위로 돌리고, 별의 몸으로 재차 도약해 시야를 얻기에 적절한 고도까지 도달했다.

"……!"

별의 영역에 누군가가 진입해 온 걸 느낀 것은 바로 그때였다. 아군의 방향이 아니라, 적들의 방향이었다. 그리고 막대한 열량이 정면에서부터 느껴졌다.

도약!

로렌은 크게 뒤로 물러나며, 정면에 화염 폭발을 던져 공격을 상쇄시키려는 시도를 했다. 동시에 상방에 도약을 던져 자신의 몸을 지면으로 끌어내렸다. 완강은 쓰지 않았기에, 로렌의 몸은 지면에 내팽개쳐졌다.

"크으으윽!"

중력과 도약으로 인한 추진력이 합쳐져 다리에 큰 충격을 주었지만 공력을 불어넣어 어찌어찌 버텨낸 로렌은 양팔을 들어 얼굴을 가렸다.

쿠콰콰쾅!

폭발로부터 눈과 귀를 보호하기 위해서였다.

'이런 어이없는……!'

폭발을 일으킨 적이 '축복받은 자'란 건 거의 확실했다. 그래야만 했다.

'란체 드워프가 별의 영역에 도달하다니!'

믿을 수 없는 현실이었다. 오히려 신탁이니 '그분들'이니 하는 초월적인 무언가가 개입되지 않았다고 한다면, 오히려 그쪽이 더욱 로렌의 마음을 크게 꺾어놓을 것 같았다.

로렌이 패닉에 잠긴 시간은 길지 않았다. 어쨌든 상대가 마법사라면, 마법사인 로렌이 상대해야 했다. 저런 화력의 마법을 내뿜게 내버려 둔다면 아무리 기사단이라 한들 큰 피해를 피할 수 없다.

심호흡으로 마음을 가다듬은 로렌은 다시 도약 마법을 이용해 그 자리에서 솟구쳤다.

'나를 봐라!'

외치지는 않았다. 속내를 들키면 오히려 반대로 행동할지도 모르니까.

빠지지직!

로렌은 화려한 전격 폭발로 외침을 대신했다.

쾅!

전격 폭발의 폭음이 귀를 울렸지만 상관없었다. 이미 공력으로 몸을 보호한 후였기에. 로렌은 폭연 안으로 몸을 던졌다.

별의 영역에 또다시 마력이 요동쳤다. 로렌의 것이 아니었다.

"…응?"

그제야 로렌은 자신의 착각에 대해 깨달을 수 있었다.

지금 별의 영역에서 휘몰아치고 있는 힘의 정체는 마력이 아니었다.

"뭐야, 이거."

별의 영역에 자리해서는 안 되는 종류의 힘이 억지로 뒤틀려 마력으로 변환되고 마치 주문인 것처럼 모습을 바꾸어내고 있었다.

그 힘의 이름은 각인의 힘.

"……!"

미지의 적은 각인의 힘을 뒤틀어 마법 주문처럼 쓰고 있었다.

*   *   *

로렌은 마법을 사용할 때 별의 영역에 위치한 마법 서킷에 마력을 흘려 넣어 회전시킴으로써 파괴의 힘으로 바꾸어낸다.

하지만 '미지의 적'이 사용하는 방식은 로렌의 그것과 완전히 달랐다.

무엇으로 이루어져 있는지 알 수 없는 기이한 주물(Cast) 같은 것에 각인의 힘을 채워 넣자, 그 주물 안에서 각인의 힘이 마력으로, 그리고 마법 주문으로 변환되고 있었다.

그 주문의 이름은 화염 폭발!

로렌은 혀를 끌끌 찼다.

기껏 별의 영역에 도달해서 한다는 짓이 화염 폭발이라니.
그것도 힘을 두 번이나 꼬아 쏘고 있다 보니, 말도 안 되게 비
효율적인 방식으로 주문을 쓰고 있는 셈이 되었다.

그럼에도 그 위력만큼은 얕볼 수 없다. 로렌은 군이 마법
서킷을 동원해 화염 폭발의 반대 주문을 만들어 적의 화염 폭
발과 똑같은 범위에 전개했다.

삐로로로록.

작은 구멍에 바람이 빨려 들어가는 것 같은 소리와 함께,
화염 폭발이 반대 주문과 중첩되고 상쇄되어 소멸해 버렸다.
방금 전에는 너무 당황해서 사용하지 못한 방법이지만, 적이
어떤 방식으로 마법을 쓰고 있는지 알게 된 이상 이제는 대처
가 그리 어렵지 않다.

그리고 별의 영역에 존재하는 상대의 존재를 인지했으므로,
적의 위치 또한 자연히 알게 되었다.

"얼굴이나 볼까?"

로렌은 다시 별의 몸으로 도약했다.

지금 무슨 일이 일어난 건지 영문을 모른 채 고개를 갸웃거
리거나, 그냥 눈앞의 전투에 집중하는 드워프들과 달리 경악
한 표정의 란체 드워프가 한 명 섞여 있었다.

"저놈이로군."

로렌은 그 얼굴 보는 순간 저 드워프가 별의 영역에 이른 게 아님을 깨달았다. 저 드워프는 별의 몸을 단 한 조각도 가지고 있지 않았다.

저 란체 드워프의 육체와 겹쳐져 있는, 만약 그가 진짜 마법사였다면 별의 몸이 위치해 있어야 하는 공간에는 저 정체불명의 주물뿐이었다.

저 주물은 저 축복받은 란체 드워프와는 완전히 별격의, 별개의 존재였다.

별의 영역에만 놓인 것이라 다른 이들은 그 모습을 인지조차 하지 못할 테지만, 별의 영역에 이르러 별의 몸을 가진 로렌에게는 주물의 모습이 확실하게 보였다.

비록 저 주물이 드워프와 연결되어 있긴 하지만, 저 주물은 드워프의 것이 아니라 누군가에게 빌려온 것에 불과하다는 것을 로렌은 직감적으로 깨달았다.

"그리고 그 누군가란 당연히 '그분들'이겠지?"

실태를 알고 나니 방금 전에 경악하고 동요했던 게 바보처럼 느껴져서 로렌은 크큿, 하고 짧게 웃었다.

당황한 드워프가 다시 주물에다 각인의 힘을 퍼 넣고 있었다. 꾸물꾸물거리는 힘의 흐름이 로렌에게는 보였다. 어쩌면 본인에게도 보이지 않고, 오직 로렌에게만 보일지도 모르는 일이다.

"아까운 짓을!"

로렌은 일갈하며 각인 비검을 빼어 각인의 힘을 불어넣고 집어 던졌다. 로렌이 원하는 각인이 빛을 발하고, 그 효과를 원하는 때에 발휘했다.

폭발!

"…이것은!!"

괜히 축복받은 자가 아니라는 듯, 폭발 각인에 정통으로 휘말렸음에도 버텨낸 적이 경악에 물들어 외쳤다. 다른 란체 드워프도 단단하지만, 저 드워프는 다른 놈들보다 훨씬 더 단단했다.

"그래, 멍청아!"

로렌은 집어 던졌던 비검을 회수하며 다른 두 자루의 비검을 발출하고는 외쳤다.

"눈이 있으면 보아라, 어리석은 드워프야! 이것이 너희가 버린 힘이요, 너희가 등한시한 기술의 정수다!!"

로렌은 금강의 격으로 얻은 각인의 팔로 각인검을 빼내 들어 휘둘렀다. 각인검에 새겨진 각인과 각인의 팔로 각인의 힘을 천변만화(千變萬化)시키자, 불꽃과 번개가 치달았다.

겉으로 보기에 휘둘러지는 각인의 힘들은 마치 마법처럼 보였으나, 적 '축복받은 자'에게는 새삼 다르게 보였으리라.

"아니야! 나는 틀리지 않았어!!"

적 '축복받은 자'는 발악하듯 외쳤다. 자신이 틀렸음을 이미 깨달았지만 그럼에도 인정하지 않으려는 몸부림이었다. 그가 지닌 각인의 힘이 별의 영역에 놓인 주물을 가득 채웠고, 이제까지와는 격이 다른 위력의 화염 폭발을 뿜어내려고 들었다.

"허튼짓!!"

그러나 이미 대마법사라 자인하는 로렌에게 그 발악이란 어린애가 악에 받쳐 팔을 휘젓는 것으로밖에 보이지 않았다.

로렌은 적 축복받은 자의 주물이 마법을 뱉어내기도 전에 로렌은 이미 같은 위력의 반대 주문을 완성해 적의 시도를 무위로 돌려 버렸다.

로렌은 곧장 각인검을 칼집에 넣고 양손과 금강의 격으로 일으킨 또 다른 양손에 네 자루의 비검을 집어 들고 동시에 던졌다.

각인, 예(銳)!

네 자루의 비검에 이미 새겨져 있던 각인이 빛을 발하고, 비검의 날이 더욱 날카롭게 살기를 머금었다. 라부아지에류 비검술 제3절의 응용으로 던져진 네 자루의 비검은 이미 전의를 잃은 것이나 다름없는 적 축복받은 자의 양팔과 양다리를 노렸다.

쓰걱, 싸각!

흡사 종이라도 자르는 것 같은 가벼운 소리와 함께 란체 드워프의 사지가 허공에 날았다. 로렌의 비검술이 워낙 쾌검인데다 각인기예까지 겹쳐져 일어난 일이었다.

"끄아아아아악!!"

잘려 나간 사지에서 피를 뿜어대며, 적 '축복받은 자'는 고통의 비명을 질렀다.

*　　　　*　　　　*

란체 드워프 용병단 '목련'의 단장, 몬트리올.

그는 신탁을 받는 자이고, 자각자이며, 축복받은 자이다.

'그분들'이 내리는 신탁은 모호한 것이 많고, 어떤 것은 왜 이런 짓을 해야 하는지 의문을 가지게 될 때도 많았다. 하지만 신탁을 따름으로써 얻는 축복은 그 모든 의문과 의혹을 잊어버리게 만들기에 충분했다.

'그분들'은 몬트리올이 원하는 것을 너무나도 잘 알았다. '그분들'이 내리는 축복은 몬트리올이 바라마지 않았던, 꿈으로까지 꿀 정도로 절실한 힘을 주었다.

그것은 바로 마법이었다.

몬트리올은 마법사를 동경했다.

용병 란체 드워프로서의 명성을 쌓아올리면서도 몬트리올

은 줄곧 마법이라는 힘에 대해 동경심을 품었다.

아아, 단 한 번이라도 좋으니 내 손으로 마법을 쓸 수만 있다면!

하지만 현실은 잔혹했다. 드워프라는 종족은 마법에 대한 재능이 지독히도 없었다. 소수의 예외도 없지는 않았지만, 그 예외에 몬트리올이 포함되지 않은 게 문제였다.

몬트리올은 자신이 마법사가 될 수 없다는 현실을 받아들여야만 했다.

신탁을 받은 것이 그때였다.

[정말로 네가 원한다면, 네 소원을 '우리들'이 이뤄주마.]

세상에 공짜는 없음을 몬트리올은 잘 알고 있었다. 목숨으로 돈을 셈하는 용병인데, 그걸 모를 리가 있을까.

"저는 무엇을 해야 합니까?"

그 물음에 '그분들'은 기다렸다는 듯 대답해 주었다.

평소라면 절대 하지 않았을 일을 몬트리올은 '그분들'의 신탁에 따라 해치웠다. 점령지의 민가에 불을 지르고, 어린아이까지 학살했다.

몬트리올이 이끄는 용병단, '목련'의 용병들은 180도로 뒤바뀐 몬트리올의 갑작스러운 변화에 의문을 느끼는 듯했지만, 그다지 반발하지 않고 해야 할 일을 행했다.

그리고 그 결과.

몬트리올은 '주물'을 손에 넣었다.

[신탁을 계속해서 따를수록 더 강력한 마법을 얻게 될 것이다.]

'그분들'은 몬트리올에게 그렇게 약속했고, 그 약속은 단 한 번의 어김없이 지켜져 왔다. 몬트리올이 용병으로서 활동하면서도 그동안 지켜왔던 신조는 구부러지고 부러져 흔적도 남지 않았고, 그는 어느새 신탁을 이루는 것이 삶의 전부가 되었음을 깨달았다.

하지만 그게 뭐가 중요하겠는가?

몬트리올은 꿈을 이뤘고, 마법을 사용할 수 있다.

이 마법을 위해서라면 뭐든지 할 수 있다.

왜 마법을 사용하고 싶었는지에 대해서는 이미 잊어버린 채, 몬트리올은 꿈을 이뤘다는 결과만을 바라보았다.

그런데.

"눈이 있으면 보아라, 어리석은 드워프야! 이것이 너희가 버린 힘이요, 너희가 등한시한 기술의 정수다!!"

적의 칼에서 뿜어져 나오는 이것은 대체 무엇이란 말인가?

아니, 몬트리올은 이 힘의 정체를 너무나도 잘 알고 있었다.

'땅 찌질이들의 힘.'

각인의 힘!

'그냥 땅 파먹고 사는 찌질이들. 우리 아버지가 그러했고,

우리 할아버지가 그러했으며, 우리 조상들이 그러했다. 우리는 그런 찌질이들처럼 살지 않는다. 우리는 창을 들 것이고, 우리는 힘을 쓸 것이다. 아무도 우리를 무시할 수 없으리라.'

재와 쇳가루에 파묻힌 고향 마을. 산간에 처박혀 땅을 파먹기만 하는 생활에 진력이 난 젊은 드워프들은 각자 스스로 벼려낸 창을 들고 자신들의 전통과 조상들에게 침을 뱉었다. 용병 생활은 그리 편하지는 않았지만 창 한 자루에 기대 세상을 주유하는 것은 줄곧 그의 꿈이었다.

'그래, 나의 꿈.'

언제부터 마법에 꿈을 품게 되었는가? 이제야 기억이 났다.

전통은 명맥이 끊기고, 고향의 아버지와 할아버지는 땅 위를 뒹굴며 쇠를 두드리며 살지만, 그보다도 오랜 조상들은 불과 번개를 다뤘다.

몬트리올이 고향을 떠난 건 조상들의 힘을 제대로 이어받지 못한 부모를 환멸해서였다. 백 년에 걸쳐 망치를 두들겨야 한다는 말에 기가 질려서였다.

'내가 동경했던 건 마법이 아니었어. 내가 동경했던 건……'

어째서 이렇게도 뒤틀리고 만 것일까. 이렇게 고향에 돌아갈 순 없다는 오기가 기억마저 뒤틀어 버리고 만 것일까. 몬트리올은 모른다. 그저 그가 아는 것은 그의 지난 백 년에 걸친 노력이 완전히 잘못된 방향으로 뒤틀려져 있었다는 것뿐이었다.

"끄아아아아아악!!"

몬트리올은 자신의 입에서 터져 나오는 비명의 원인이 결코 육체의 손상에서 오는 고통 탓만은 아님을 알고 있었다.

*　　　　*　　　　*

로렌은 자신이 적 드워프 마법사를 무력화시키자 적들의 사기가 눈에 띄게 저하되었음을 알아차렸다.

하긴 그럴 만도 했다. 적의 마법은 비록 수준은 낮다고 한들 위력만큼은 충분했으니. 적 마법사는 이 부대 화력 투사의 한 축을 이뤘을 것이 분명했다.

그러한 적 마법사의 화력 투사를 아예 무위로 돌리고 무력화시키기까지 했다. 적들의 사기가 떨어지지 않는 쪽이 오히려 이상했다.

자신을 두려워해 주춤거리기 시작하는 란체 드워프들을 보며, 로렌은 한층 더 격렬하게 화력을 투사했다.

강화 마법 화살 연사! 연쇄 화염 폭발! 육연 전격 폭발!

파괴적이고 패도적인 빛과 불꽃, 번개의 폭발에 적들은 더 이상 진형을 갖추지 못하고 물러나기 시작했다.

"단장님! 단장님 챙겨!!"

아직 죽지는 않은 란체 드워프 마법사를 어떻게든 끌고 가려는 적들의 시도를 좌절시키기 위해 로렌은 각인검을 휘두르고 비검을 날려대었다.

적들도 필사적이었기에 아무 피해 없이 적 마법사를 확보할 수 있었던 건 아니었다. 몸 여러 곳에 쿼럴을 맞고 장창으로 몇 번 찔리긴 했으나, 로렌에겐 그다지 치명적인 상처라고는 할 수 없었다.

위험을 감수한 보람이 있어, 로렌은 적 마법사의 확보에 성공했다.

"……!"

로렌의 별의 몸이 적 마법사의 '주물'에 접촉했다. 그 접촉으로 인해 로렌은 이 주물이 어떤 것으로 이뤄졌는지 '이해'했다.

그 이해는 논리를 기반으로 한 것이 아닌 그저 직감에 의한 것이었지만 로렌은 자신의 이해가 잘못되었으리라는 생각을 추호도 하지 못했다.

"그런가……. 내가 완전히 틀렸었군!"

로렌은 그 순간의 깨달음에 환희의 표정을 짓고 말았다.

사지가 잘려 피를 철철 쏟고 있는 란체 드워프의 머리채를 휘어잡고 그렇게 환하게 웃고 있으니, 적들이 보기에는 로렌의 모습이 꽤나 엽기(獵奇)적으로 보였으리라.

"히익! 피에 미친 괴물이다!"

"저, 저 용서받지 못할 악귀!!"

적 란체 드워프들의 입에서 꽤나 불쾌한 발언들이 나왔다. 깨달음은 나중에 정리하기로 하고, 로렌은 우선 눈앞의 적들을 정리하기로 결심했다.

"장궁병!"

로렌의 뒤에서 '모루'를 형성하고 있던 장궁병들이 로렌의 명령에 전진해 화살을 어지러이 쏘아붙이자, 이미 쇠뇌를 소모해 버렸고 장창으로 인한 돌격이 좌절된 란체 드워프들에겐 반격의 여지가 사라졌다.

로렌은 다시 한 번 마법을 투사해 어떻게든 쇠뇌를 재장전하려는 적들에게 타격을 입혔다. 결국 적들은 전선의 유지에 실패하고 등을 돌려 도망치기 시작했다.

그런 적들을 그냥 놔둘 로렌은 아니었다.

"적들이 도망친다! 그냥 두지 마라!!"

장궁병들은 적 드워프들의 등에다 대고 화살을 조준 사격했고, 아무리 개개인이 기사급에 달하는 란체 드워프라 한들 이런 공격까지 버텨낼 수 있는 건 아니었다. 아군의 피해는 경미한데 비해, 란체 드워프의 시체는 점점 늘어만 갔다.

적들을 완전히 물리치고 적의 포위 시도를 좌절시킨 후, 로렌은 거의 죽어가는 란체 드워프 마법사를 집어 들었다.

"으……!"

드워프식으로 땋은 머리채를 휘어잡자, 사로잡힌 포로가 신음 소릴 냈다.

"좋아, 아직 살아 있군."

로렌은 이 드워프를 그냥 죽일 마음은 없었다.

드워프 주제에 마법을 사용한다는 게 여러모로 특이하기도 하고, 필사적으로 살려서 데려가려는 적들의 반응을 볼 때 꽤 중요한 위치에 놓인 자처럼 보이기도 했으니 당연한 일이었다.

'단장님이라 불렀었지. 용병단의 단장 중 하나이려나.'

적들의 기만책일 수도 있으니 과신은 금물이나, 그래도 높은 확률로 단장급의 인물이라도 이상할 건 없었다.

무엇보다 이 드워프는 매우 높은 확률로 '축복받은 자'다. 끌어낼 수 있는 정보량은 적지 않으리라.

"기대가 되는군."

아군 병사에게 넘겨 적당히 지혈만 시키고 본진에 가둬두라는 명령을 내림과 동시에, 로렌은 곧장 다음 전선으로 뛰어들었다.

47장
란체 드워프 퀘벡

"뭐라고?! 몬트리올이 당했어?!"

밴쿠버는 놀라서 외쳤다가, 급히 자신의 입을 손으로 가렸다.

뒷덜미가 찌릿찌릿거렸다. 위기 감지가 발동한 것이다. 원래
는 위기일 상황이 아니었지만, 갑자기 위기 상황으로 변화했
다는 신호였다.

'이런 제기랄!'

원래대로라면 일어나지 않을 일이 일어났다는 방증이기도
했다.

실제로 그러했다. 몬트리올은 그렇게 쉽게 당할 인재가 아

니었다.

 객관적으로 능력만을 비교했을 때, 즉 용병단 '목련'이 평소와 같은 능력을 발휘해 주고 몬트리올이 효과적으로 화력을 전개했다고 가정할 때 몬트리올은 로렌과 그 휘하의 장궁병 부대에게 그리 쉽게 패배하지는 않았을 것이다.

 그러나 여기에 두 개의 변수가 작용했다. 그냥 마법사인 줄로만 알았던 디셈버, 즉 로렌이 각인기예를 사용했다. 그 각인이 펼쳐내는 마법 같은 효과에 몬트리올이 크게 당황하고 동요해 자신의 능력을 제대로 펼쳐내지 못한 것이 원인이었다.

 몬트리올이 당황해서 지휘를 손에서 놓고 간단하게 제압당한 탓에 '목련' 또한 제대로 된 전술적 행동을 취하지 못했고, 그에 반해 로렌의 궁병대는 움츠러 든 적의 기세에 용기백배해 적극적으로 로렌의 지휘에 따랐다.

 말하자면 전적으로 몬트리올의 탓이지만, 몬트리올이라는 지휘관의 능력에 지나치게 기댄 '목련'의 구조적인 결함이 치명적으로 드러난 결과라 할 수 있었다.

 당연하게도 이런 모든 변수에 대해 밴쿠버는 예상은커녕 상상조차 하지 못했다. 그러니 당황할 수밖에 없는 것이다.

 '…아니, 아직 괜찮아.'

 밴쿠버는 찌릿거리는 위기 감지 신호를 무시하며 생각했다. 감각적으로 이 정도는 아직 괜찮은 축이었다. 이 정도로 패닉에 잠겨 후퇴할 것 같았으면 용병단 '백합'이 백전불패로 이름을 날리지도 못했을 것이다.

안 그래도 '백합'은 이미 한 번 패퇴해 백전불패라는 이름을 망쳐 버렸다. 다른 몇몇 용병단장은 밴쿠버를 겁쟁이로 낙인찍고자 하는 기색을 숨기지 않았다.

여기서 지레 겁먹어 후퇴를 선택했다가는 용병단장들 사이에서뿐만 아니라 고객들의 평판마저 망쳐 버릴 위험이 있었다.

"…버틴다."

그러므로 밴쿠버는 그렇게 결론을 내렸다.

'목련'이 무너져도 아직 '장미'가 있고 그 단장인 퀘벡이 있다. 그 뒤를 받쳐주는 다른 용병단도 있다. 그리고 밴쿠버 본인도 있다.

겁부터 집어먹을 하등의 이유가 없었다.

"전선을 유지시켜라. 돌격을 준비해라. 뿔피리를 불어라."

밴쿠버는 단호함을 되찾고 그렇게 명령했다.

그런 그의 반응에, 부관은 아직 승기가 있다고 판단했다. 오랫동안 단장의 곁을 지켜온 부관이다. 부관 또한 확신을 갖고 명령을 전파했다.

"전선을 유지한다! 밀어붙여라!!"

이미 한 번 패퇴했다고는 하지만 백전불패의 '백합'은 아직 무너지지 않았다. 이 전쟁을 승리로 끝낸다면 작은 전투에서의 사소한 패배는 잊힐 것이다.

'백합'에게 필요한 건 오직 승리였다.

용병단원 하나하나가 모두 그걸 잘 알고 있었기에 그들은 모두 창을 쥔 손에 힘을 주었다.

＊　　　　＊　　　　＊

한 번 크게 날뛰어 전선 한 축을 완파시켜 놓은 후, 로렌은 다시 아군 본대와 합류했다. 적의 포위 전술은 이미 붕괴했으니, 이제 한시름 놓을 때가 되었다.

그렇게 안도하는 것도 오래할 수 없었다. 리처드 남작이 밀고 나가고 있는 선봉을 보니, 믿기지 않는 광경이 보였다.

기사단의 돌격이 멈추고, 기사단이 난전에 휘말려 들어 있었다. 아군에게 있어서는 최악의 구도였다. 기사든 뭐든, 기병은 돌격할 때 강력한 병종이지 난전에 강한 병종은 아니다.

그렇다고 다른 병종보다 기사가 난전에 약한 건 아니지만, 문제는 상대도 개개인이 모두 기사급인 란체 드워프라는 점이었다.

문제인 건 기사단 쪽뿐만이 아니다. 난전에 휘말려 버리면 아군 장궁병의 화력 지원을 받기도 애매해진다. 아군의 본대가 방패병이나 장창병으로 이뤄져 있다면 난전에 뛰어들어 머릿수로 승기를 잡을 수 있지만, 란체 드워프를 상대로 장궁병이 난전에 휘말려 좋을 게 없었다.

마법사라고 이야기가 크게 다른 건 아니다. 오히려 더욱 좋지 않다. 마법사의 마법은 피아(彼我)를 가리지 않고 폭발적인 화력을 뿜어내니까. 아군이 휘말려 들 가능성이 장궁병의 화살보다도 높다.

즉, 적 란체 드워프 용병단은 병력을 집중해 기사단만을 격파해도 큰 이득을 보는 반면, 로렌의 다르키아 왕국군은 전력이 분단되어 집중할 수 없는 상황에 빠지고 말았다.

원래대로라면 이런 일이 일어나서는 안 된다.

리처드 남작 외의 기사들이 힘이 부족해 후퇴하는 상황은 이미 상정했다. 하지만 기사단이 적진에 이렇게 고립되려면 지휘관인 리처드 남작이 몸을 뺄 수 없는 상황이어야 한다.

기사단의 첨단을 달리는 기사, 리처드 남작은 승화의 경지에 오른 기사다. 그런 리처드 남작을 붙들고 놔주지 않을 만한 실력자가 이 세상에 존재하기는 할까?

'축복받은 자!'

로렌은 금방 답을 떠올리고 이를 갈았다.

일이 이렇게 된 이상 어중간한 전술로는 이 위기를 타개할 수 없다. 극단적이고도 확실한 방법을 써야 했다.

그리고 이 고착 상황을 타파할 수 있는 건 오직 한 명뿐이었다.

'디셈버가 아닌 로렌!'

기사이자 마법사인 로렌이라면 난전에 몸을 던지고도 자기 몸 하나를 간수하는 건 그리 어렵지 않고, 마법사로서의 화력으로 상황을 반전시키는 것도 가능하다.

문제는 다르키아 왕국군의 사령관은 어디까지나 디셈버고, 대외적으로 디셈버는 마법사인 것으로만 알려졌다는 점이었다.

디셈버가 기사로서의 능력을 발휘하면 쓸데없는 의심을 살 우려가 있었다.

"하지만 그게 아군의 목숨보다 중요하진 않지."

로렌은 길게 고민하지 않았다.

휙.

로렌의 몸이 날았다.

"마법사다!"

적 란체 드워프 병사의 외침이 비명처럼 들렸다. 로렌은 그를 향해 강화 마법 화살을 날려주었다. 병사는 심장께에 쇠뇌를 들어 마법 화살을 막았다.

와그작! 퍼억!!

"끄억!"

쇠뇌가 파괴되며 즉사는 피했으나, 병사는 적지 않은 타격을 입고 물러섰다.

'어느새 마법에 대한 대처도 하게 됐군.'

로렌은 혀를 찼다. 말도 안 되는 강병(强兵)들이었다. 그렇다고 해야 할 일이 바뀌지는 않았다. 로렌은 그 병사 앞에 착지해서 창을 빼앗아 들었다.

아보가르도 박투술, 무장해제.

우드드득, 쩌억!

"으아아악!!"

부상을 당했음에도 창을 놓치지 않으려 드는 정신은 훌륭했으나 무모했다. 손아귀가 다 찢어지고 손목뼈가 으깨지는 촉감이 창을 통해 전해져 왔다. 결국 란체 드워프가 자랑하는 강철 창은 로렌의 손에 쥐여졌다.

원래대로라면 상대의 무기를 빼앗아 던지고 도수공권으로 맞붙는 상황을 유도하는 기술이지만, 로렌은 그럴 필요가 없었다. 그는 아보가르도류뿐만 아니라 리히텐베르크류 기사도의 창술을 극성까지 체득한 기사였으므로.

스윽.

로렌은 창을 비껴들었다. 그를 향해 세 명의 란체 드워프가 창을 찔러왔지만 로렌은 창을 한 번 휙 휘두름으로써 적들의 공격을 무위로 돌렸다.

마치 마법이라도 본 것처럼 어리둥절해하는 병사들을 계속 상대하고 있을 생각은 없었다.

지금은 리처드 남작이 누구에게 붙들려 있는지, 무사하기는 한지가 더 걱정이었다.

화염 폭발! 도약!

로렌은 자신을 포위하려는 적들을 화염 폭발로 밀어내고, 로렌은 폭연 속을 날았다. 아군에의 타격을 피하기 위해 폭발의 범위와 위력을 크게 제한했지만, 포위를 뚫는 데에는 이 정도로 족했다.

기사단의 후미에 접촉한 로렌은 주인을 잃고 피투성이가 된 말 한 마리를 회복 마법으로 치유시키고 잡아탔다.

아무리 이심의 경지에 올라 시간만 지나면 공력이 회복된다지만, 계속해서 공력을 사용해야 하는 전장에서는 말을 타고 로렌류 기마술로 공력을 회전시키는 것이 더 유리했다.

더욱이 하늘을 날아다니면 너무 시선을 끈다. 쇠뇌 사격 연습의 표적지가 되는 건 사양하고 싶었다.

"컥! 뭐야?!"

"끄아악!"

로렌은 난전 중인 적 무리에 뛰어들어 마음껏 창을 휘둘러 적을 죽였다. 란체 드워프가 기사급의 전력을 발휘한다 한들, 로렌은 그 이상의 경지에 올라 있다. 혼자서 다 죽일 순 없어도 길을 여는 것 정도는 무리 없이 해낼 수 있었다.

"각하!"

"디셈버 각하!"

"총사령관 각하!!"

로렌을 발견한 아군 기사들이 놀라 그를 부르는 소리가 들렸다. 로렌은 그들에게 화답해 주지 않았다. 대신 크고 작은 상처를 입은 그들에게 회복 주문을 던져주었다.

"오오, 이것은……!"

"상처가 낫고 있어!"

로렌의 마법이 닿는 곳마다 불리했던 전황은 뒤집어졌고, 상처가 나은 기사들은 더욱 용감히 싸워 활로를 열어주었다. 로렌 또한 가장 선두에 서서 적을 치니 고착되었던 전선도 점점 밀려나기 시작했다.

그렇게 길을 연 로렌은 지체 없이 앞으로 달려갔다. 그가 간 곳은 다름 아닌 기사단의 선두, 리처드 남작이 있는 곳이었다.

기사단의 선두에는 놀라운 광경이 펼쳐져 있었다. 리처드 남작이 피투성이가 되어 있었던 것이다.

"리처드 남작님!"

로렌은 놀라 회복 마법부터 그에게 먼저 시전했다. 리처드 남작의 상처가 치유되고 짓이겨진 방패와 부러진 전투용 망치도 제 모습을 찾기 시작했다.

"흥! 사나이의 일대일 대결에 끼어들다니. 흥을 모르는 마법사로군!!"

누군가가 그렇게 외쳤다. 여자 목소리였고, 드워프어였다. 시선을 들어보니 리처드 남작을 거의 제압할 뻔했던 적 드워프였다.

틀림없이 '축복받은 자'라고 로렌은 판단했다. 이유는 간단했다.

그 여성 드워프가 굉장히 여성스러웠기 때문이다. 드워프답지 않을 정도로 말이다. 아니, 드워프처럼 보이는 건 자기 주장에 강한 가슴 크기와 작은 키 정도밖에 없어 보였다.

근육이 있는 건가 싶을 정도로 호리호리한 몸매에 얇은 팔다리, 전장에서는 금기라고 알려져 있는 긴 머리칼은 바람에 나부끼고 있었다. 즉, 투구는 당연하다시피 쓰지 않았고 갑주조차 가슴이 돋보이도록 어깨를 드러낸 디자인이었다.

정말 전쟁하러 나온 건지 의심스러울 정도로 정신 나간 복장이었지만 이 여자가 리처드 남작의 돌격을 멈추게 하고 말 위에서 끌어내려 피투성이로 만든 자였다.

그러므로 로렌은 그녀를 상대로 인정사정을 봐줄 생각이 없었다.

삼중 융합 주문, 폭발!

쾅!

로렌이 사용할 수 있는 가장 강력한 주문이 그녀의 등을 노리고 폭사되었다.

"한 발 더!"

쾅!!

한 발만으로 처치가 불가능할 거라고 생각했기에 애초에 분할 주문으로 사용한지라 두 발째의 폭발도 장전된 상태였다. 두 발째의 폭발 주문은 시전 시간도 없이 즉시 터졌다.

애초에 그녀의 등 뒤는 모두 적이라 봐도 되었기에 폭발 범위를 한정하거나 일부러 위력을 줄이거나 하지는 않았다.

"끄아아악!"

"으아아아!!"

비명 소리는 폭심지에서는 들리지도 않았다. 폭심지의 란체 드워프들은 아무 대응도 못 하고 즉사했기 때문이다. 비명을 지른 건 폭심지에서 좀 떨어진 란체 드워프들과 아군 기사들이었다.

단 두 발의 주문으로 전선은 붕괴하고 적의 종심을 차지하던 본대가 증발해 버렸다.

이 정도의 전과를 거뒀다. 대가도 만만치는 않아서 로렌은 어깨로 숨을 몰아쉬어야 했다.

"두 번은 힘들겠군."

여기까지 오면서 마법을 안 쓴 것도 아닌지라, 로렌의 마법 서킷은 슬슬 과열 기미였다. 마력 소모량도 적지는 않아서 당분간은 사용을 자제하고 회복에 집중하고 싶은 마음이 먼저 들었다.

그러나 그럴 여유는 없어 보였다.

"으……!"

적 '축복받은 자'는 타격은 입었을지언정, 아직 멀쩡해 보였기 때문이었다.

"디셈버!"

리처드 남작이 로렌의 지금 이름을 불렀다. 어차피 여기까지 오는 동안 기사로서의 능력을 사용해 버렸긴 했지만, 그 배려는 고마웠다.

"저 괴물은 뭡니까?"

"내가 아나? 승화의 경지에 올랐다는 것밖에 모르겠어! 저럴 수가 있나!!"

리처드 남작이 통탄하듯 외쳤다. 본인이야 아무렇지도 않게 말했지만 남작으로서는 일생을 바쳐 간신히 오른 경지가 바로 승화의 경지였다. 그런 걸 기사도도 수련하지 않은 란체 드워프가 비슷하게 해내고 있으니 남작으로서도 보통 충격이 아니었던 모양이다.

"내 눈에는 저 여자가 나보다 강해 보이지 않는데, 실제로 맞붙어보니 강하더군."

애초에 리처드 남작은 상대의 공력을 보고 강함을 재는데,

적 '축복받은 자'가 휘두르는 힘의 원천은 공력이 아니었기에 생긴 일이었다. 적 '축복받은 자'의 외모만 보자면 별로 강해 보이지 않는 것도 사실이긴 했고 말이다.

"흥, 외모로 섣불리 판단하다니. 넌 사나이라 생각했는데, 그렇지도 않았던 건가."

리처드 남작의 북부 공용어를 알아들은 듯, 어느새 충격에서 회복해 다시 자세를 잡은 적 '축복받은 자'가 씹어뱉듯 말했다.

"뭐라고 그러는 거야?"

드워프어로!

리처드 남작은 드워프어를 몰랐기에 결국 대화는 성립하지 않았다. 애초에 대화에 오해가 있었기에 설령 말이 통했다 한들 여전히 대화는 성립하지 않았을 터긴 했지만 말이다.

"나의 용병단, 나의 청춘. '장미'를 날려 버렸군, 마법사."

적 '축복받은 자'는 음울한 시선으로 로렌을 노려보았다. 그제야 로렌은 상대가 란체 드워프 용병단 '장미'의 단장인 쿼벡임을 알았다.

"대가는 결코 가볍지 않을 것이다."

쿼벡의 창이 로렌을 겨누었다. 다음 순간, 날카로운 살기가 로렌의 목을 향해 날아들었다. 로렌은 놀라 손에 든 창에 비천뇌극창의 극의를 담아 상대의 공격을 쳐내야 했다. 그 정도로 적의 공격이 신속하고 강맹했기 때문이었다.

"어?"

일이 이렇게 되자 놀란 건 퀘벡 쪽이었다. 마법사 주제에 자기 창을 쳐낸 게 놀라운 모양이었다. 그리고 그런 그녀의 반응은 찌르기 딱 좋은 빈틈이 되었다. 로렌은 창을 내찔렀다.

캉!

이번에는 로렌이 놀라야 할 차례였다.

분명히 퀘벡의 심장을 내찌른 창이 금속성의 소리와 함께 튕겨져 나왔으니 말이다. 아무리 흉갑을 입고 있다지만 로렌도 두 번이나 탈각의 경지에 오른 기사다. 그런 기사의 창이 흉갑 따위에 막힐 리 없었고, 실제로 퀘벡의 흉갑은 치즈처럼 갈라져 있었다.

즉, 금속성의 소리를 내며 창을 튕긴 건 퀘벡의 맨살이었다.

"이럴 수가!"

로렌은 크게 놀라며 도약을 써 뒤로 물러났다. 여기까지 오는 동안 로렌의 도약에 익숙해진 말은 안정적으로 착지해 주었기에 완강까지 쓸 필요는 없는 게 다행이었다.

"…그래도 리히텐베르크류 창술 정도 되니 갑옷 정도는 갈라놓을 수 있군그래."

리처드 남작은 씁쓸한 목소리로 말했다. 확실히 남작이 사용하는 전투용 망치의 길이로는 저 창의 간격 안에 들어가는 것만으로도 고생 좀 할 것 같았다.

"저 여자가 왜 전신 갑옷을 안 입고 있는지 좀 알 것 같군요."

퀘벡도 리처드 남작과 마찬가지로 갑옷보다 맨살이 단단한 경우였다. 애초에 맨살이 갑옷보다 단단한데, 왜 갑옷을 입겠는가? 그러니 전투용 갑옷이라고 하기 힘든 저런 장식성이 짙은 흉갑을 입을 생각을 한 것일 터였다.

"내 옷을 한 장 한 장 벗길 셈인가? 취미도 좋군그래."

로렌의 창격에 의한 갑옷의 손상으로 인해 퀘벡의 앙가슴이 드러나 있었다. 그럼에도 별로 부끄러워하는 기색도 없이, 퀘벡은 조소했다.

'좀 가리려고만 해줘도 빈틈이 생길 텐데.'

로렌은 혀를 찼다. 여체를 감상하고 싶은 기분 같은 건 전혀 들지 않았다. 조금만 잘못해도 목숨이 날아갈 판이다. 신경을 곤두세운 채, 로렌은 퀘벡을 노려보았다.

주문조차 외우지 않고 강화 마법 화살이 로렌의 앞에서부터 생겨나 퀘벡을 향해 날아갔다. 마법 서킷은 과열 기미라 사용을 자제해야 하지만 강화 마법 화살과 화염 폭발까지는 마법 서킷의 힘을 빌리지 않고도 발동시킬 수 있기에 한 선택이었다.

퀘벡은 너무 쉽게 마법 화살을 피했다. 애초에 맞추리라는 생각도 하지 않았다. 조금이라도 빈틈을 내보이라고 한 짓이었는데, 회피행동이 너무 깔끔해서 빈틈도 없었다.

"좀 자존심 상하지만, 2 대 1을 해볼까?"

리처드 남작이 휙 날아 전투용 망치를 휘둘렀다. 로렌은 그 타이밍에 딱 맞춰 창을 찔렀다. 그러자 퀘벡은 창을 한 손으로 휘둘러 리처드 남작을 꿰뚫고 다른 한 손으로는 로렌의 창을 잡았다.

캉!

조금 전과 똑같이, 하지만 이번에는 리처드 남작의 맨살이 강철 창을 금속성 소리와 함께 튕겨냈다. 리처드 남작은 별 피해를 받지 않은 것으로 보이나, 문제는 로렌 쪽이었다.

피와 살로 이뤄진 생물의 힘이라고는 믿기 힘들 정도의 퀘벡의 괴력에 로렌은 창을 놓쳐 버렸다.

"2 대 1이라면 나도 무기를 두 개 들어도 되겠지?"

퀘벡은 로렌에게서 빼앗아 든 강철 창을 휘릭 돌려 왼손으로 쥐며 호기롭게 외쳤다. 그 모습은 적만 아니라면 반해 버릴 정도로 멋있었다. 그런 그녀를 보며, 로렌은 이렇게 생각했다.

'적인 이상 죽여야지.'

살의를 가다듬으며 로렌은 금강의 격을 발동해 두 개의 각인 팔을 꺼내 들었다. 네 개의 팔로 비검을 꺼내 든 로렌은 라부아지에류 비검술 3절의 응용으로 네 개의 비검을 동시에 집어 던졌다.

"흥! 어디서 개수작이야?!"

퀘벡은 몬트리올과 달리 로렌의 각인 팔에도 별로 놀라지 않은 채 침착하게 두 개의 창으로 네 개의 비검을 쳐내고 있었다.

"라쿠라카!"

그 빈틈을 놓치지 않고 리처드 남작이 전투용 망치를 휘둘렀다. 허공에다. 그러자 망치가 일으킨 풍압이 퀘벡을 습격하는 게 아닌가!

"크윽!"

그런데 퀘벡은 이를 한 번 꽉 물고 오른손에 든 창을 휘리릭 회전시킴으로써 리처드 남작이 일으킨 풍압을 상쇄시켜 버렸다. 그러나 리처드 남작의 시도는 수포로 돌아가지 않았다.

퍽퍽퍽!

로렌의 강화 마법 화살이 퀘벡의 방어를 뚫고 왼쪽 어깨를 타격하는 데 성공했다. 다른 란체 드워프라면 잘만 때리면 한 방에 목숨까지 가져갈 수 있는데, 그걸 맞고도 그냥 왼팔이 조금 떨리는 데 그치는 건 놀랍다 못해 황당했으나 로렌은 실망하지 않았다.

쿠콰콰쾅!!

그 틈을 파고들어 비검의 폭발 각인을 발동시키는 데 성공했으니까.

"라쿠라차!!"

그러자 리처드 남작의 몸이 허공에 붕 떠올랐다. 그걸 본 순간 로렌은 그가 무엇을 하려는지 바로 알아차렸다. 로렌도 맞아본 적이 있기 때문이었다.

아보가르도류 기사도 박투술, 응용절초!

드롭킥!

정확히는 다른 이름이었던 것 같지만 로렌은 상관하지 않았다. 누가 뭐라 하든 그건 드롭킥이었으니까.

빠악!!

리처드 남작의 드롭킥은 멋지게 적중해 퀘벡의 자세를 무너뜨렸다.

"커헉!"

드디어 퀘벡에게 타격이라 할 만한 타격을 입히는 데 성공했다! 그렇다고 여기서 만족할 로렌은 아니었다. 로렌은 각인검을 빼어 들었다.

각인, 예(銳)!

몬트리올의 사지를 자른 각인이 발동해 각인검에 예리함을 더했다. 그 각인검에 로렌은 자신의 모든 근력, 공력, 체중을 실어 찔렀다.

퍼억!

애초에는 심장을 꿰뚫을 생각이었으나, 퀘벡이 피해 버리는 바람에 각인검은 그녀의 왼쪽 어깨를 꿰뚫었다.

각인, 중(重)!

무게를 더하는 각인을 발동시켜, 로렌은 더욱 깊게 퀘벡의 어깨에 검을 찔러 박았다. 그녀가 쓰러져 지면에까지 칼이 박혔다.

"꺄, 아아악!!"

퀘벡의 입에서 고통의 비명이 터져 나왔다. 그 비명 탓일까, 로렌은 잠깐 방심하고 말았다. 아니, 정확히는 그것을 방심이라 할 수 없을지도 모른다. 왼쪽 어깨가 땅에 처박혔음에도 왼팔을 움직여 창을 휘두를 거라고는 상식적으로 생각하기 힘드니까.

빠아악!

하지만 퀘벡은 그걸 했다. 몰상식하게도 말이다!

"크헉!"

로렌은 관자놀이를 뒤흔드는 충격에 급히 숨을 토해내야 했다. 그런 로렌의 뒷덜미를 누가 붙잡아 뒤로 잡아 던져 버렸다. 리처드 남작이었다.

"디셈버, 비검 빌려줘! 방금 전에 했던 거 다 해서!!"

로렌은 두개골이 깨져 피가 철철 흐르는 머리로 정신을 잃지 않으려 노력하며 리처드 남작이 요청한 대로 해주었다. 그 도중에 회복 주문을 써 상처를 치유한 것은 올바른 판단이었다.

"지, 진짜 죽을 뻔했어!"

로렌은 질려서 머리를 휘저어댔다. 다 잡았다고 생각한 상대에게 강철 창으로 뒤통수를 얻어맞아 죽을 뻔했다니! 정말 죽어버렸다면 뭘 위해 전생 회귀의 주문까지 써가며 돌아온 건지 모를 판국이었다.

어쨌든 죽을 뻔했던 보람은 있어서, 리처드 남작은 로렌에게 빌린 비검을 네 자루 다 써서 퀘벡을 땅바닥에 박아 넣는 데 성공했다.

'걸리버 같군.'

로렌은 지구의 소설에 등장하는 등장인물을 떠올렸다. 온몸에 칼을 다섯 자루나 관통당하고서도 죽기는커녕 악다구니를 써대는 퀘벡의 생명력은 놀라움의 수준을 넘어서 질리기까지 하지만, 어쨌든 그들은 퀘벡을 제압하는 데 성공했다.

"살려두기엔 너무 위험해요. 목을 쳐야죠."

로렌은 강철 창을 들어 퀘벡의 목을 노려 찔렀다.

캉!

그 결과, 퀘벡은 멀쩡한 반면 그녀의 목을 찌른 창날이 우그러져 버렸다.

"......!"

캉캉캉!!

로렌은 다른 창으로 같은 시도를 했으나, 여전히 소용없었다.

"헛수고야, 디셈버. 애초에 네가 그 이상한 거 새겨진 칼을 가져오기 전엔 저 여자한텐 생채기 하나 못 냈다고. 제압에 성공한 것에 만족하자고."

리처드 남작의 말에 로렌은 깜짝 놀랐다.

각인기예가 아니라면 상처조차 못 입히는 몸이라니!

'축복으로 받은 능력이겠군.'

놀란 것치고는 금방 답을 알아내긴 했지만 말이다.

하긴 드워프가 각인의 힘으로 마법까지 쓸 수 있게 만드는 신탁의 축복이다. 아무리 그래도 마법과 기사도에 무적이란 건 좀 심한 것 같지만, 그런 게 아예 불가능하리라는 생각은 들지 않았다.

반대로 이야기하자면 무적의 축복조차 뚫고 상처를 입힌 각인의 힘이 대단한 거라고도 볼 수 있었다.

지금 퀘벡을 땅에 꿰매어놓고 있는 각인비검을 뽑아서 목을 칠 수도 있는 일이지만, 애초에 그럴 수 있었으면 리처드 남작이 진작 했다. 사지를 뒤틀어가며 저항하는 퀘벡의 숨통을 단번에 끊어놓기란 매우 어려운 일이었다. 제압 자체도 간신히 했으니 말이다.

무엇보다 지금은 퀘벡한테만 낭비하고 있을 시간이 없었다.

"일단 더 급한 거부터 처리해야지?"

리처드 남작은 전투용 망치를 고쳐 쥐었다. 지금도 그의 기사단은 란체 드워프 용병단과 난전 중이고, 손실을 거듭하고 있었다.

"그래야겠군요."

로렌은 그의 의견에 동의했다.

조금 전의 폭발 주문 2연타에 의해 정면이 뚫렸고, 막아서던 퀘벡까지 제압했으니 기사단의 꽃이자 존재 의의인 돌격 전술을 다시 사용할 수 있게 되었다.

이 시점에서 이 전투의 승리는 이미 정해진 거나 마찬가지였다.

48장
어제의 적은 오늘의 동료

전투 결과는 처참했다.

'백합'의 밴쿠버를 제외한 모든 용병단의 단장들이 전사하거나 생포당했으며, 모든 용병단이 전멸에 가까운 피해를 입고 재기 불능 상태가 되었다.

그나마 '백합'만이 반수 이상의 전력을 건지고 패잔병들을 받아들여 구색을 갖췄으나, 누가 봐도 이 이상의 전투 속행은 무리인 상황이었다.

이게 전부 밴쿠버의 '위기 감지' 덕이었으니, 밴쿠버는 '장미'의 퀘벡이 받은 '힘'이나 '목련'의 몬트리올이 받은 '마법'보다 이 축복을 받길 정말 잘했다고 스스로를 위안할 수밖에 없었다.

이 처참한 전투 결과 탓에 '백합'은 백전불패의 칭호는 잃었으나 그 대신 백전불태(百戰不殆)의 칭호를 얻었다. 얻은 게 아예 없지는 않은 셈이었다.

"알고 계시잖습니까? 이 이상은 무리입니다."

부관부터 시작해서 고급 인력이 다 죽어버린 터라 새로 부관으로 임명된 부하, 토론토가 단기간의 파격적인 승진에도 불구하고 보기에도 안쓰러울 정도로 풀이 죽은 채 말했다.

'백합'을 포함한 란체 드워프 용병단을 고용한 그들의 고용주, 도이힐 영주 연합은 패전의 결과를 전해 들었음에도 전투 속행을 명해왔다.

그 말인즉슨 다음과 같다.

'싸우다 죽거나 나를 배반하라.'

용병단의 고용주로서 내릴 수 있는 판단 중에는 그리 드물지 않은 판단이었다.

용병단의 용병들이 너무 많이 죽어버린 경우, 그냥 자살에 가까운 명령을 내려 일부러 자신을 배반하도록 하는 것이다. 이러면 용병들에게 잔금을 치를 필요도 없어지고 사망자에 대한 보상도 할 필요가 없어지니 말이다.

물론 한 번 이런 판단을 내려 버리면 용병들 사이에서 찍혀서 어지간하면 새로 용병을 고용할 수 없게 되지만, 도이힐 영주 연합에는 대표는 있지만 왕은 없다. 게다가 영주 연합의 영주들 전체를 적으로 돌리면 용병들도 곤란하다.

어차피 용병은 돈으로 움직이고, 신의 따위는 명의를 갈아 치우는 것으로 어떻게든 되니 용병들이 자주 버려지게 되는 것이다. 그러라고 있는 용병이기도 하고. 전멸에 가까운 피해를 입은 시점에서 이런 취급을 받을 것은 대충 예상이 된 바였다.

그러나 '백합'은 백전불패의 용병단이었고, 자신들이 이런 취급을 받을 거라고는 이제까지 별로 생각해 보지도 않았다. 평소에는 패배자들을 비웃던 밴쿠버였지만, 정작 그 현실이 자신들에게 닥치니 어찌할 바를 몰랐다.

토론토는 달랐다. 그는 '백합'에만 있었던 건 아니다. 두 번쯤 이런 통보를 받아본 기억이 있고, 두 번 다 토론토는 같은 생각을 했다.

"단장님, 똥밭을 굴러도 살아서 구르는 게 낫습니다."

"…그렇군. …그런가."

밴쿠버는 한숨을 푹푹 내쉬었다. 그런 밴쿠버에게 토론토가 쐐기를 박았다.

"'백전불태'라도 지키는 게 낫습니다."

그 말이 결정적이었다.

란체 드워프 용병단 '백합'은 도이힐 영주 연합에게 일방적

계약 종료를 통보하고 다르키아 왕국군에게 항복했다.

이제 '백합'은 도이힐 영주 연합에서의 활동이 끝난 거나 다름없지만, 용병이야 찾는 곳이 많다. 그것도 백전불태의 '백합' 정도 되면 일이 없을 일은 없었다.

비록 예전 같은 돈을 받아 챙기는 건 무리일지라도 말이다.

　　　　＊　　　　　　＊　　　　　　＊

"재미있는 소문이 돌더군."

리처드 남작이 키득거렸다.

"저도 들었습니다."

로렌은 골치 아픈 듯 한숨을 내쉬었다.

소문의 내용은 이랬다.

"우리 총사령관 각하께서는 왕국 제일의 마법사시지."

"그런데 일전의 전투에서 창을 다루고 말도 타시던데."

"리처드 남작님조차 못 이긴 상대를 검으로 제압했다더군."

"상식적으로 그런 일이 있을 수 있나?"

"혹시… 총사령관님께서는……."

"드래곤 아니실까?"

대체 왜, 어째서 그런 결론에 이르렀는지 이해하기가 어려웠다. 마법과 기사도를 동시에 쓴다고 드래곤이라니.

아니, 사실 아예 이해가 안 가는 건 아니었다.

용의 연대 때부터 전해 내려오는 전설에 따르면 드래곤 왕이 인간 모습으로 내려와 자신의 점령지를 암행하고 다녔다고 한다. 그리고 그 드래곤 왕이 검과 마법을 동시에 다뤘다고도 전해져 내려온다.

아무리 그래도 그렇지, 드래곤이 절멸한 게 언제고 인류가 시대의 주인이 된지가 언제인데 천 년도 더 지난 지금 와서 케케묵은 전설을 들고 와서 디셈버에게 대입시킨단 말인가?

어이가 없어서 해명도 제대로 하지 못했다.

'내버려 두면 그냥 그러다 말겠지.'

그런 안이한 생각으로 내버려 두고 있는 것도 없지는 않았다.

그런데 로렌을 지긋이 들여다보고 있던 리처드 남작이 문득 입을 열어 이렇게 물었다.

"그런데… 정말 아니냐?"

"아닙니다."

로렌은 딱 잘라 부인했다.

'리처드 남작마저!'

로렌은 자신의 안이함을 인정했다. 리처드 남작마저 혹시나 하는 마음을 품을 정도라면 다른 병사들은 어떻겠는가?

그냥 내버려 두면 어디까지 번질지 모르니 이쯤 해서 손을 쓰는 게 낫겠다 싶어 소문의 근원을 끊기로 했다. 대체 누가 이런 어이없고 이상한 소문을 퍼뜨리고 있는지. 그 범인을 잡으면 소문의 확산도 그치리라.

*   *   *

디셈버가 드래곤일지도 모른다는 소문을 퍼뜨린 범인을 잡아내는 데는 그리 오래 걸리지는 않았다.

란체 드워프들이었다.

란체 드워프들이 다르키아 왕국군의 군영에 머무르고 있는 이유는 간단했다. 항복하고 포로로 잡힌 이들도 있지만 그건 절반 정도고, 나머지 절반은 디셈버에게 고용되어 다르키아 왕국군에 합류한 자들이었다.

로렌이 도이힐 왕국군 방면의 전선에서 처음 맞선 상대인 용병단 '백합'이 후자에 속했다.

"'축복받은 자'가 우리 편에 붙어도 되나?"

"달리 방법도 없는데 뭐 어쩌겠습니까? 당장 손실부터 메우고 죽은 놈들 보상금 챙겨줘야 되는데요. 그러려면 최대한 빨리 돈을 벌어야 하는데, 제일 높은 숫자를 내민 게 당신네들이라 합디다."

'백합'의 단장이자 '축복받은 자'인 밴쿠버가 느물거리며 대답했다.

"그보다 진짜로 신탁을 받은 적이 없는 겁니까?"

"몇 번을 물어보나? 그런 적 없어. 적어도 내가 아는 한은."

로렌의 차가운 대답에도 밴쿠버는 굴하지 않고 계속 질문을 던졌다.

"'장미'의 퀘벡과 '목련'의 몬트리올도 각하께서 쓰러뜨리신 게 맞지 않습니까?"

"…맞아."

대답하는 게 좀 꺼려지긴 했지만, 그렇다고 대답을 피하지는 않았다. 그러자 밴쿠버는 예상대로의 반응을 보였다.

"자각자가 아니라면 그렇게까지 강해질 수는 없는데. 그게 아니라면… 역시 드래곤이 맞는 것 같은데요."

그랬다. 이 밴쿠버라는 작자가 소문의 근원이었다.

이 쓸데없이 수명이 긴 종족들은 그렇다고 기억력이 나쁜 것도 아니라서, 용의 연대에 관한 전설이나 민담 따위도 잘 알고 있었다.

하기야 길면 300년씩도 사는 드워프들은 용의 연대에 대한 이야기도 할아버지나 증조할아버지에게서 들을 수 있다고 봐도 되었다. 옛날이야기긴 하지만, 까마득한 조상들의 이야기인 것도 아닌 셈이다.

"아니야. 그러니까 쓸데없는 소문 퍼뜨리고 다니는 건 그쯤 해둬라."

로렌은 다시 한 번 쐐기를 박았다. 그러자 밴쿠버는 실실 웃으며 대답했다.

"예, 그럽지요. 고용주 말씀은 따라야지요."

계약이 끊기면 바로 다시 소문을 퍼뜨리고 다닐 기세인 이 란체 드워프 용병단장의 입을 다물리려면 어떻게 해야 할까? 로렌은 고민에 빠져들었다.

*　　　*　　　*

로렌이 란츠 드워프들을 고용한 이유는 간단했다. 전쟁이 끝나지 않았기 때문이다.

물론 양면 전쟁 중인 다르키아 왕국은 도이힐 영주 연합으로의 진출을 시도하기는 힘들다. 레뮬로스 왕국 방면의 전선이 고착화되어 있어 그쪽부터 해결해야 한다.

그렇다고 전군을 다 들어다 레뮬로스 왕국 방면으로 밀어넣을 수는 없다. 아무리 란체 드워프 용병단들을 꺾었다지만, 도이힐 영주 연합의 전력이 완전히 소멸한 것은 아니다.

지금은 방어할 생각만 하는 도이힐 영주 연합도 다르키아 왕국군이 완전히 물러나 버리면 공격을 생각하게 될 것이다.

이미 몇 차례에 걸쳐 자신의 군사적 무능함을 증명해 온 게 오르그 자작을 보면, 자작이 자기 힘으로 그 공격을 막아낼 거라고 생각하기는 힘들었다. 그러므로 최소한도의 방어 병력은 놔둔 채 후퇴해야 했다.

다르키아 왕국군 측도 란체 드워프 용병단과의 전투에서 소모가 꽤 격심했다. 전력을 보충할 필요가 있었다. 이래저래 전력이 부족함을 부정할 수는 없었다.

그래서 란체 드워프들을 고용하게 되었다.

이것이 표면적인 이유였다.

실제로는 '축복받은 자'들을 그냥 아무데나 풀어놓는 건 너무 위험했기 때문이다. 그렇다고 포로나 항복한 자들을 학살할 수도 없고. 그러느니 그냥 고용해 버리는 게 나았다.

만약 고용 계약을 거부한다면 그걸 기회 삼아 그냥 죽여 버릴 셈이었지만, 다행인지 어떤 건지 세 명 모두 계약에 동의했다.

그렇다, 세 명 모두.

'백합'의 밴쿠버뿐 아니라 '장미'의 퀘벡, '목련'의 몬트리올까지도.

비록 용병단 소속으로서의 계약을 맺은 건 밴쿠버뿐이고 나머지는 개인 자격으로 맺은 계약이었지만 그거야 뭐, 별로 중요하지도 않다.

어쨌든 이로써 세 명이나 되는 '축복받은 자'가 아군이 되었다.

"신탁을 이루는 것에 한 번 실패하면 다시는 신탁을 받을 수 없게 되고 맙니다."

"각하 덕에 저희는 '축복받은 자'일지언정 더 이상 '신탁'은 못 받게 되겠죠."

"그러니 저희는 이제 더 이상 축복을 받을 수 없는 몸이 되고 말았습니다."

퀘벡과 몬트리올, 그리고 밴쿠버가 동일한 진술을 했다. 서로 입을 맞출 기회를 주지 않은 상태에서 따로따로 심문한 거니 거짓일 가능성은 낮았다.

게다가 루시아 대공도 같은 소릴 한 게 뒤늦게 생각났다.

'축복받은 자'들의 말이 진실이라면 신탁을 받고 로렌을 배신할 가능성은 많이 낮았다. 적어도 남자 란체 드워프 두 명은 그랬다.

퀘벡은 더 이상 축복을 받을 수 없다는 현실에 절망한 나머지 로렌에게 약간 앙심을 품은 것 같았지만 말이다. 하지만 로렌은 그녀의 배신 가능성을 낮게 보았고, 설령 배신한다고 해도 크게 위험하지 않다고 보았다.

왜냐하면 세 '축복받은 자'들 중에 가장 죽이기 쉬운 게 퀘벡이었으니까.

방법만 알면 간단하다. 각인을 새겨 넣은 무장으로 각인의 힘을 불어넣어 찌르면 상처를 낼 수 있다.

세 축복받은 자들 가운데 가장 특수한 축복을 받은 게 퀘벡이었다. 다른 축복받은 자들과 달리 그녀는 두 개의 축복을 받았고, 하나가 [힘], 다른 하나가 [무적]이었다. 문제는 그녀의 무적이 기사의 창칼과 마법사의 마법에만 무적이었다는 점이었다.

"대장장이의 각인에 그 무적이 뚫릴 줄은 몰랐겠지."

이 결과를 퀘벡 본인은 물론 '그분들'도 예상하지 못했던 것 같다. 하긴 각인의 힘은 원래 전투에 쓰라고 있는 능력이 아니다. 란체 드워프들이 란츠 드워프들을 '땅 찌질이'라 부르며 무시했던 게 완전히 거꾸로 돌아온 셈이라 할 수 있겠다.

무적을 제하면 퀘벡의 힘 자체는 탈각의 경지에 오른 로렌과 크게 다르지 않으니, 셋 중 가장 제압하기 쉬운 게 퀘백이란 게 로렌의 허세가 아닌 셈이 되고 말았다. 말로는 간단한 그 방법을 실제로 실행할 수 있는 게 로렌 정도라는 사소한 단점이 있지만 말이다.

제아무리 로렌이라도 비검과 각인검만으로는 퀘벡을 제압하기 버겁지만, 각인창이 있다면 이야기가 달라진다. 이제까지는 대마법사라는 타이틀을 의식하면서 다니느라 창까지는 못 챙기고 다녔으나, 퀘벡을 아군으로 맞아들이면서 로렌은 각인창도 챙기고 다녔다.

'기사의 힘을 사용할 줄 안다는 게 밝혀진 이상 더 숨길 필요도 없겠지!'

그 만약의 경우가 실제로 일어난다면 비천뇌극창의 극의를 사용해야 할 것이다. 쉽다고 한 것치고는 꽤 조건이 많이 붙지만, 어쨌든 제압이 가능하다는 게 중요하다.

밴쿠버처럼 미리 위기를 감지하고 도망쳐 버릴 수 있거나 몬트리올처럼 단번에 대량 살상이 가능한 능력이 있는 것도 아니다. 셋 중에선 그나마 제압과 수습이 제일 쉬운 게 맞았다.

'뭐, 배신당할 걱정부터 하는 것도 좀 아닌가.'

퀘벡은 다소의 위험을 부담하고도 아군으로 끌어들일 가치가 충분할 정도로 강하다. 중요한 건 그거였고, 그래서 로렌은 그녀와 계약하기로 마음먹었다. 더 필요한 건 없었다.

그런데 문제가 생겼다.

*   *   *

"나를 고용하는 것은 상관없다. 돈을 받는 이상 명령에도 따르겠다. 하지만 나는 나보다 더 강한 자에게밖에 고개를 숙이지 않는다."

퀘벡이 고개를 빳빳하게 들고 말했다.

"이미 난 널 쓰러뜨린 적이 있을 텐데?"

로렌은 심드렁하니 대꾸했다. 그러자 퀘벡은 얼굴을 시뻘겋게 물들이고 외쳤다.

"2 대 1이었잖은가! 그것은 더 강하다는 증명이 되지 못한다!!"

"아, 그래?"

고용 계약에도 따르고 명령도 듣겠다고 하니 이대로 내버려 둬도 별로 상관이야 없겠지만, 로렌은 쿼벡의 태도가 마음에 들지 않았다. 애초에 이런 태도 때문에 배신당할지도 모른다는 생각을 하게 된 거니 더욱 그랬다.

그러므로 로렌은 이쯤 해서 한번 쿼벡을 쓰러뜨려 주기로 마음먹었다.

"한번 자리를 마련하도록 하지."

"자리를?"

로렌의 말이 의외였던 듯, 쿼벡은 눈을 휘둥그레 떴다. 설마 로렌이 자신에게 덤비리라고는 전혀 생각하지 못한 것 같았다.

"그래, 누가 더 강한지 확실히 해두자고. 푹 자둬라. 만전의 준비를 기해라. 최고의 컨디션을 만들어둬라. 변명의 여지가 없도록 말이야."

그런 쿼벡의 반응에 로렌은 한층 더 대담하게 나갔다.

"하! 자신만만하군. 그건 다 내가 해야 할 말이야."

쿼벡은 당당하게 말했지만 그 태도에는 미묘한 긴장감이 묻어나왔다. 예상 밖의 일에 어떻게 대응해야 하는지 미리 생각도 안 해둔 것 같았다.

       *   *   *

로렌은 '목련'의 몬트리올을 사로잡았을 때 얻은 깨달음을 되새기고 있었다.

"내가 처음부터 잘못 생각했었어."

그것이 깨달음의 핵심이었다.

각인의 힘은 공력으로 치환될 수 있고, 그 반대 또한 마찬가지다. 그러므로 로렌은 각인의 힘과 공력이 똑같은 힘이라고 생각했다.

그것이 착각이었다.

그 착각이 로렌으로 하여금 금강의 격을 습득하는 데 더 많은 시간을 소요하도록 만들었다.

하지만 로렌은 뒤늦게나마 그 착각을 교정할 기회를 얻었다. 그것이 바로 몬트리올과의 만남이었다. 그가 축복으로 얻은 '주물'로 각인의 힘을 마력으로 변환하는 것을 목격하고 그 '주물'와 접촉함으로써 깨달음을 얻게 된 덕택이었다.

로렌은 별의 몸을 자신의 몸처럼 다뤄, '주물'로 바꾸었다. 그리고 주물은 각인의 힘을 성공적으로 마력으로 변환시켜 주었다.

"이렇게 쉬운 걸 이제야 알게 되다니."

스스로가 한심했지만 입에서 흘러나온 건 웃음소리였다.

물론 로렌이 주물 덕에 더 강해진 건 아니었다. 대마법사인 로렌이 각인의 힘을 마력으로 변환한 다음 주물을 마법 서킷처럼 써서 마법을 사용한다는 말도 안 되게 비효율적인 방법을 사용할 필요가 없으니까.

중요한 것은 당연히 깨달음 쪽이었다.

각인의 힘과 공력을 갈음해서 사용할 수 있었던 건 이 두 힘이 변환 가능한 힘이기 때문이었다.

그러나 본질적으로는 두 힘은 근본부터 다르며, 공력을 변환시켜 얻은 각인의 힘으로는 각인기예의 상격에 이를 수 없었다.

그래서 로렌은 요 며칠간 아주 오래되고 전통적인, 인간인 그에게 있어서는 비효율적인 방식으로 각인의 힘을 쌓았다.

대장장이 망치를 휘둘러 각인창을 직접 만들어낸 것이 그것이었다. 각인창에 새기는 각인은 공력을 변환시켜 얻은 각인의 힘으로 새겼다.

인간인 로렌은 순수한 각인의 힘을 많이 쌓기 위해 고생을 좀 해야 했다. 하지만 그렇게 고생한 보람은 컸다.

"천수의 격."

차라라라락.

각인의 힘으로 이뤄진 팔이 다섯 쌍이나 전개되었다.

습득이 너무 늦어서 배우는 걸 포기하다시피 했던 천수의 격이었으나, 깨달음을 얻은 지금 로렌은 별문제 없이 천수의 격에 도달할 수 있었다.

물론 깨달음이라고 해도 그냥 '각인의 힘과 공력은 다르다'라는 것 하나만 갖고 이렇게 일변할 수는 없다. '주물'을 얻음으로써 각인의 힘의 성질에 대해 더욱 심도 깊은 이해를 얻고, 강철을 두드릴 때 쌓이는 공력과 각인의 힘을 분리시켜서 관리할 수 있게 되었기에 가능한 일이었다.

"이걸 보면 탈란델이 또 입에 거품을 물겠군."

스칼렛이 자기보다 금강의 격 습득이 빨랐다는 이유로 초조해하던 란츠 드워프의 얼굴을 떠올리며 로렌은 쓴웃음을 지었다.

괜한 착각으로 먼 길을 돌아온 것 같으나, 지금 생각하면 다 필요한 절차였다.

공력을 각인의 힘으로 변환시킬 수 없었더라면 애초에 여기까지 오는 것 자체가 무리였다. 인간인 로렌은 드워프에 비해 각인의 힘이 쌓이는 속도가 매우 늦으니까. 망치만 두들겼다간 각인 하나도 제대로 새기지 못하고 포기하고 끝냈을 가능성도 높았다.

각인의 힘이 없었더라면 로렌은 공력이라는 힘을 얻는 것조차도 힘들었을 것이다. 기사 지망생들이 가장 힘들어하는 게 공력의 존재를 몸으로 깨닫는 것이라고 하니까 말이다.

　로렌은 미리 각인의 힘을 쌓아보고, 힘을 다루는 법을 알았기에 지금의 경지에 이르는 것이 가능했다.

　이 절차를 모두 밟았기에 로렌은 지금의 경지에 이르고 각인기예의 상격에까지 도달했다.

　그렇기에 로렌은 쿼벡에게 그리도 자신만만하게 말한 것이다.

＊　　　　＊　　　　＊

　"역시 당신 드래곤 아닙니까?!"

　로렌은 자취를 감추는 것 같았던 헛소문이 다시금 부활하는 소릴 듣곤 머리가 지끈거리는 것을 느꼈다.

　쿼벡은 로렌에게 높임말을 쓰고 있었다. 여기에서 알 수 있는 사실은 다음과 같다. 로렌은 쿼벡을 쓰러뜨렸다. 침대 위에서가 아니라 공터에서, 창칼을 사용해서 말이다.

　꽤나 처참한, 피와 살이 튀는 건 기본이고 약간의 장기(臟器) 자랑까지 선보인 일전이었건만 쿼벡은 로렌에게 적의를 불태우기는커녕 기묘한 열기를 띤 시선으로 그를 응시하고 있었다.

　회복 주문을 통해 치유가 이루어졌기 때문에 가능한 일일지도 모르나, 그렇다고 하기엔 쿼벡의 눈빛이 너무 뜨거웠다.

그녀의 시선에는 어떤 열망이 묻어나오고 있었다. 그 열망이 뭔지는 모르나, 어째선지 로렌에게는 좀 불길하게 느껴졌다.

"아니라니까."

애써 불길함을 무시하며 로렌은 단호하게 퀘벡에게 고개를 저어주었다.

"그럼 그건 대체 뭡니까?!"

"각인기예지."

너희 란체 드워프들이 무시하고 포기해 버린 힘. 로렌은 그렇게까지 말하지는 않았다.

"신탁을 열 번이나 수행해서 받은 [무적]인데!"

"열 번인가……."

다른 축복받은 자들은 그렇게 자주 신탁을 받지는 못했던 것 같았다. 그런 의미에서 퀘벡은 이례적이었다. 하기야 [무적]이라는 능력 자체가 이례적이긴 하다.

"넌 힘의 퀘벡이라 알려져 있던 것 아니었나?"

"그야 그렇죠. 무적을 얻은 건 최근인걸요."

"최근?"

"네. 요 몇 달 동안 집중적으로 신탁이 내려왔죠. 그거 다 수행하느라 뼈 빠지는 줄 알았는데, 그 결과가 이렇게 될 줄이야."

퀘벡의 말에 로렌은 생각에 잠겼다.

'요 몇 달 동안 집중적으로, 라.'

'그분들'이 요 몇 개월 새 집중적으로 퀘벡을 육성시켰음을 알 수 있는 발언이었다. 어떤 의도로 그랬는지도 명백했다.

더불어 '그분들'의 타깃은 로렌이 아나라 이 다르키아 왕국 임이 확실해졌다. 다르키아 왕국에서 가장 유명하고 가장 강 력한 두 전력인 리처드 남작과 디셈버를 견제하기 위해 일부 러 퀘벡을 육성했다.

만약 '그분들'이 로렌에 대해 정확히 알고 있었다면 각인기 예에 대한 방비도 했을 터였다. 하지만 '그분들'은 마법과 기사 도에만 신경을 썼다.

'그들이 전지전능한 건 아나라는 의미지.'

로렌에게는 다행한 일이었다.

'그분들'이 아무한테나 [무적] 정도의 사기적인 능력을 꽉꽉 부여할 수 있었다면 이 전쟁은 오래전에 끝났을 터였다. 퀘벡 은 열 번의 신탁을 수행한 끝에 겨우 무적을 얻었다고 했다. 능력을 부여하는 데도 조건이 필요하다는 이야기였다.

더군다나 [무적]은 말 그대로의 무적이 아니었다. 로렌의 삼 중 융합 주문 폭발 2연발을 버틸 때도 퀘벡은 타격을 어느 정 도는 받았고, 리처드 남작의 공격도 완전히 무시하지는 못했다.

오늘도 로렌은 각인기예와 기사도를 함께 운용해 퀘벡을 공 략했다.

'아마 9할 정도 무시하는 것 같지?'

남은 1할은 [힘] 능력이나 퀘벡 본신의 능력을 이용해서 완전 무적을 가장한 것이었으리라.

퀘벡한테 직접 물어보니 이런 답변이 나왔다.

"정답이에요."

그렇다고 한다. 그렇다곤 하지만 너무 쉽게 가르쳐 주는 것 아닌가? 일대일 대결 전과 후의 태도가 너무 달라서 로렌은 조금 혼란스러워지고 말았다.

그런데 혼란스러움은 여기서 끝나는 게 아니었다. 퀘벡이 심드렁하니 이렇게 이어 말했기 때문이었다.

"뭐… 그렇지만 지금 중요한 게 그건 아니죠."

"이게 안 중요해?"

로렌은 놀라서 그렇게 되묻고 말았다. 하지만 퀘벡은 정말로 중요하지 않다는 듯, 완전히 화제를 바꿔놓았다.

"그보다 대장님, 그럼 대장님은 인류인가요?"

"너희 란체 드워프들이 아주 싫어하고 무시하는 로어 엘프이다만."

당연하게도 지금 로렌은 디셈버의 모습을 취하고 있으며, 그렇기에 상황에 맞는 대답을 했다. 그 상황에 맞는 대답에 대한 대가는 로렌에게 있어선 매우 의외이고 영 바람직하지 못한 것이었다.

"…대장님, 그거 아십니까?"

쾌벡의 시선에서 열망이 더욱 짙어져 있었다. 로렌은 스멀스멀 전신을 훑는 것 같은 쾌벡의 시선을 무시하며 차갑게 대꾸했다.

"난 네 대장이 아냐. 사령관이라고 불러."

"인류가 왜 인류인지!"

로렌의 차가운 대꾸를 쾌벡의 외침이 덮었다.

"소리 크게 지르지 마. 시끄러워."

"그건 인류끼리는 아이를 낳을 수 있으니까!!"

로렌은 잠깐 침묵했다. 그런 분류법이 있다는 소린 들은 기억이 났지만, 지금 중요한 건 그게 아니었다.

"…왜 시끄럽다고 하는데 목청을 더 높이는지?"

일단 쾌벡의 입을 다물려야겠다. 그런 생각에 한 말이었지만 목소리가 떨리고 있었다. 그리고 로렌의 의도는 완전히 무시당했다.

"사령관님! 저 사령관님의 아이를 낳고 싶어요!!"

불길함이 현실이 되고 말았다.

"……."

로렌이 너무 어이가 없어서 입을 다물어 버리자, 그런 그의 반응을 어떻게 받아들인 건지 쾌벡은 더욱 열성적으로 말했다.

"사령관님! 무적을 지닌 저와 드래곤에 가까운 사령관님이

교접하면 어떤 결과물이 나올지 궁금하지 않으십니까? 저, 신경 쓰여요!!"

"닥쳐!"

로렌은 그답지 않게 흥분해서 거친 말을 썼다. 그런 로렌의 반응에 퀘벡은 더욱 흥분하고 말았기에 로렌은 더욱 곤란한 지경에 처하고 말았지만……

어쨌든.

적어도 당분간 퀘벡이 배신할 걱정은 없어 보였다.

로렌은 그렇게 결론을 내렸다.

49장
내가 없으면 안 되는 거냐

방어전에서 진정한 능력을 발휘하는 장궁병 부대와 마법사 부대를 남기고 로렌은 레뮬로스 왕국 방면의 전선으로 향하기로 했다. 마법사 부대의 부대장을 맡은 르블랑은 로렌을 따라오고 싶어 했으나, 명령은 명령이다.

　"다시 만나 뵙게 될 날을 고대하고 있겠습니다."

　무슨 연인과 작별하는 아리따운 묘령의 연인도 아니고. 로렌은 대충 손을 내저었다.

　"어차피 곧 또 보게 될 거다. 저쪽 전선을 정리하고 나면 이번엔 우리가 쳐들어갈 차례가 될 테니까. 그때까지 마법사들

간수 잘 하고, 이쪽 전선 잘 지켜내라."

"이 목숨을 바쳐서라도 반드시!"

"그러니까 그 목숨을 잘 간수하라니까 그러네."

처음에는 루시아 대공이 보낸 첩자가 아닐까 의심했던 르블랑인데, 지금까지도 지속되고 있는 이 과한 존경심과 충성심은 더 이상 의심하기도 귀찮은 수준에 이르러 있었다.

어차피 전달 사항은 사전에 다 전달해 놓은 터였다. 마법사 부대와 장궁병 부대의 명령권자는 다르키아 14세와 그로부터 지휘권을 위임받은 디셈버, 즉 로렌뿐이며 게오르그 자작의 명령은 따를 필요도 없고 따라서도 안 된다는 사실은 몇 번을 강조해도 부족했기에 다시 한 번 이야기하긴 했지만 말이다.

그렇게 인수인계를 마친 후, 로렌은 마지막 사열을 하러 갔다. 이미 출발 준비는 끝났고, 인원 점검도 완전히 끝낸 후였다. 이제 출발 명령만 내리면 된다.

"정말 감사합니다, 디셈버 총사령관 각하! 각하께서 왕림해 주신 덕에 저희 게오르그 자작령은……."

"됐습니다. 해야 할 일을 한 것뿐입니다."

행군 전 마지막 사열에서 뭔가 긴 연설을 하려던 게오르그 자작의 시도를 끊어버리고, 로렌은 부대를 출발시켰다. 그러자 게오르그 자작은 손에 들고 있던 긴 두루마리를 아쉬운 듯 바라보았다. 저걸 다 읽을 셈이었을까? 완전군장 상태인 병사들을 앞에 세워두고?

'역시 꼭 갈아치워야지.'

로렌은 게오르그 자작을 실각시키기로 다시금 다짐하며 행로에 올랐다.

$$*\qquad *\qquad *$$

로렌이 생각한 것보다 행군 속도는 훨씬 빨랐다.

기사단이야 말을 탔으니 이동속도가 빠른 건 당연했지만, 란체 드워프들의 행군 속도가 의외로 준수했던 덕분이다.

그 덕에 꽤 여유가 생겼다. 행군 속도가 느렸다면 먹는 시간과 자는 시간을 줄여 일정을 단축했겠지만, 그렇지 않았기에 병력들의 컨디션을 우선시하는 것이 가능해졌다.

"제게 마법을 가르쳐 주십시오."

불까지 피워서 꽤 공들인 아침 식사를 하던 도중, 란체 드워프 몬트리올이 로렌을 찾아와 갑작스럽게 그렇게 요청했다.

'목련'의 몬트리올. 그가 신탁을 수행해 얻은 축복은 '주물'. 각인의 힘을 마력으로 전환하고 유사 마법 서킷으로도 기능해 화염 폭발 비슷한 능력을 사용할 수 있게 해준다.

이런 축복을 받게 된 이유는 몬트리올 본인이 마법에 대한 강한 열망을 지녔기 때문이라고 한다. 다른 '축복받은 자'들의 증언을 교차 검증해 보면 그 결론에는 자연스레 이르게 된다.

그런 몬트리올이 '진짜 마법사'를 앞에 두게 되면 어떻게 반응할까? 그것도 희대의 대마법사, 다르키아 왕국의 디셈버를 목도하게 된다면.

'사실 이것도 너무 늦은 거지.'

로렌은 몬트리올이 진작 마법을 가르쳐 달라고 할 줄 알았다. 하지만 몬트리올 본인은 이 요청을 하기까지 꽤 심하게 고민을 했던 모양이었다.

어쨌든 로렌으로서는 이미 예상했던 요청이다. 그러므로 대답은 자연스럽게 나왔다.

"공짜로?"

"아, 아닙니다."

몬트리올은 당황해서 손을 내저었다.

"수업료, 수업료를 드리겠습니다."

"돈을? 그것도 괜찮겠지. 하지만 넌 가진 돈이 적을 텐데? 네 포로로서의 몸값과 죽은 단원들의 보상금을 갚는 데만도 힘들지 않나?"

"그……."

지금까지 고민한 주제에 여기까지는 생각해 보지 않은 듯 몬트리올의 말문이 막혔다.

"네가 배워야 할 건 마법이 아니야."

그 틈을 타, 로렌은 진지한 목소리로 말했다.

"이미 마법은 배워봤지?"

"…네."

"어떻던가?"

"모든 선생이 제게 재능이 없다고 하더군요."

몬트리올이 마법에 재능이 있었다면 신탁까지 수행해서 유사 마법을 축복으로 받으려 들 리 없었다. 그냥 마법을 배우면 됐을 테니. 하지만 그는 축복으로 '주물'을 받았다.

"나라고 그리 다를 것 같지는 않은데."

로렌은 쓴웃음을 지었다.

"이제 더 이상 신탁받지 못할 거란 건 네가 내게 한 말이야."

"…그렇죠."

더 이상 신탁을 받지 못한다는 말은 더 이상 축복을 받지 못한다는 말과 같다. '주물' 같은 비효율적이고 비정상적인 방법으로 더 강력한 마법을 얻는 것이 불가능해졌다는 뜻이다.

"내가 네게 보여준 것도 마법이 아니고. 알잖아?"

"…그렇습니다."

로렌이 몬트리올을 쓰러뜨렸을 때 사용한 능력은 마법이 아닌 각인기예였다. 몬트리올도 그것을 알기에 그렇게도 동요한 것이고. 모르기는 몰라도, 아마도 자신의 인생을 송두리째 부정당한 기분이었을 것이다.

"제자를 찾는 양반을 하나 알고 있어."

"…예?"

"내게 각인기예를 가르쳐 준 양반이지."

다른 이도 아닌 탈란델 이야기다. 일손이 부족해서 드래곤인 스칼렛을 속여서 데리고 다니는 그 란츠 드워프 말이다. 아마 몬트리올을 데리고 가면 좋아하면서 부려먹을 것이다.

"네가 진짜 원하는 게 뭔지 한번 잘 생각해 봐. 일단 이번 일을 잘 마무리하고 말이야."

"…알겠습니다."

사실 답은 이미 정해져 있는 것이나 다름없다. 그럼에도 미련을 가지는 건 어쩔 수 없는 일이다. 로렌은 더 이상 몬트리올을 설득하려 들지 않았다. 납득해야 하는 것도, 선택해야 하는 것도 몬트리올 본인이었으므로.

*   *   *

행군 마지막 날, 로렌은 혼자 먼저 선행하기로 했다. 하늘을 날 수 있는 게 그뿐이니 어쩔 수 없는 선택이었다.

그리고 로렌은 믿을 수 없는 광경을 목도하게 되었다.

윌리엄 공작령 전역이 불타고 있었다.

"분명 보고로는 교착 상태라고 들었는데."

로렌은 이를 으드득 갈았다. 일이 어떻게 된 건지 쉽게 깨달았기 때문이다.

"아, 이 무능한 귀족 놈들 같으니라고."

윌리엄 공작은 패전이 자신의 탓으로 돌려질까 봐 불리한 보고가 올라가는 것을 막고 실태를 묻어뒀다가 결국 일을 크게 만든 것이리라.

하지만 이건 너무하지 않은가? 아무리 윌리엄 공작이 왕의 핏줄이자 영주라고는 하지만 이렇게까지 패악질을 부리다니!

"그냥 다르키아 왕국을 전제군주정으로 만들어야 하나."

순간적으로 그런 생각을 진지하게 했을 정도였다.

로렌은 이를 득득 갈면서 공중정찰을 계속했다. 어쨌든 본래 목적지가 적에게 점령당한 이상, 그곳으로 갈 수는 없으니 최소한 새로운 집결지를 찾아보기라도 해야 했다.

＊   ＊   ＊

"스승님!"

불타는 윌리엄 공작령 위를 날고 있으려니, 누군가가 그를 향해 날아왔다. 로렌은 반가운 마음에 고개를 돌렸다. 그의 목소리를 기억하고 있었기 때문이다.

"베르테르!"

로렌은 제자의 이름을 불렀다.

베르테르의 얼굴을 본 순간 로렌의 표정은 그대로 굳어졌다. 피와 재로 더러워진 것 때문이 아니었다. 그의 표정에 드러난 회한, 고통, 슬픔이 로렌의 마음을 아프게 했다.

"죄송합니다, 스승님. 저는……!"

"되었다."

로렌은 베르테르에게 회복 주문을 걸어주며 머리를 쓸어주었다. 부족한 마력 탓에 작은 생채기는 치유하지 않고 있던 터라 베르테르는 여기저기 상처투성이었다.

대체 얼마나 혹사당했기에 이렇게까지 되었을까. 로렌은 굳이 상상하려 하지 않았다.

베르테르는 로렌으로부터 지휘권을 이양받은 마법사 부대의 지휘관이다. 윌리엄 공작이 그를 혹사시키지 않았어도, 베르테르는 스스로의 선택으로 자신의 몸을 혹사했을 것이다.

그런 생각으로 윌리엄 공작에 대한 악감정을 희석해 보려 노력했지만, 소용없는 짓이었다. 어쨌든 윌리엄 공작이 이 패전을 숨기지 않고 제대로 보고했더라면 로렌은 더 빨리, 서둘러 원군을 파견했을 테니까.

그렇다면 이 책임감 강한 제자는 이렇게까지 소모되지 않았을지도 모른다.

로렌은 자신의 감정을 숨기려 노력하며 베르테르에게 애써 웃어 보였다.

"지휘 본부 위치를 알려줘라. 원군을 이끌고 왔다."

"네, 알겠습니다. 스승님."

복받치는 감정을 수습하려 애쓰기라도 하듯, 베르테르는 울먹이면서 대답했다.

*　　　　　*　　　　　*

"윌리엄 공작은 어디 있지?"

아무리 상대가 공작이라지만, 다르키아 14세로부터 지휘권을 정당하게 이양받은 왕국군 총사령관인 로렌은 충분히 윌리엄 공작을 문책할 권한이 있다.

권한이 있다 뿐이지, 공작 상대로 실제로 그랬다간 후폭풍이 작지 않을 테지만 말이다. 로렌은 이번만큼은 그 후폭풍을 감당하리라 마음을 단단히 먹은 터였다.

그러나 로렌은 제자로부터 의외의 대답을 들어야 했다.

"죽었습니다."

"…뭐?"

"아, 사망했습니다. 사흘 전의 일입니다."

그게 아니라. 로렌은 자칫 베르테르에게 따지고 들 뻔했다.

"사인은?"

"프래킹입니다."

그 대답을 들은 로렌은 순간적으로 정신이 멍해지고 말았다. 부하에게 살해당하다니!

'가지가지 하는군, 진짜.'

무슨 짓을 했기에 부하가 다른 사람도 아니고 대귀족이자 왕의 친척인 윌리엄 공작 상대로 칼날을 겨눌 정도가 되었는지 궁금했지만 지금 중요한 건 그게 아니기에 캐묻지 않았다.

"전황은?"

"좋지 않습니다. 저를 비롯해 마법사들은 마력을 거의 소진해 무능력자나 다름없어졌고, 엽병대들은 적들의 소탕 작전에 휘말려 태반이 목숨을 잃었습니다. 정규군이 남아 있긴 하지만 오직 살아남기 위해 후퇴를 거듭하는 형편입니다."

로렌은 정신이 아득해지는 것을 느꼈다. 무슨 칠천량 해전 뒤의 조선 수군도 아니고. 대체 무슨 짓을 해야 이렇게까지 철저하게 병력을 말아먹을 수 있단 말인가? 윌리엄은 원균의 후손이라도 된단 말인가?

"내가 이순신 장군님인 것도 아니고 말이지."

"예?"

"아니, 아무것도 아니다."

하도 어이가 없어서 혼잣말이 입 밖으로 튀어나오고 말았다.

"죽은 애 있냐."

"…흡."

베르테르는 왈칵 흘러나오려는 울음을 참으려 들었지만 결과적으로 허사가 되었다.

"없습니다만… 저희를 지키느라 너무 많은 사람이 죽었습니다……."

그렇게 보고하면서 결국 울음을 터뜨리고 말았기 때문이다.

그 대답을 듣고 로렌은 아이러니하게도 안도했다. 마력을 소진해 쓸모없어진 마법사가 버려지는 건 생각보다 흔한 일이었고, 아군의 비호를 받지 못한 마법사는 쉽게 죽어버리니까.

하지만 이 전선에서만큼은 아군들은 마력을 소진한 마법사나마 지키려 노력했고, 결국 지켜냈다. 이러한 마법사들의 위상은 로렌이 만든 것이나 다름없다. 정확히는 디셈버지만, 그거야 중요하지 않다.

그 결과, 아군의 피해가 커지긴 했지만 소중한 제자를 하나도 잃지 않고 어려운 상황을 버텨낼 수 있었다. 다행이라고 생각해야 하는 걸까? 다행이라고 생각하기로 했다.

"그래……."

그럼에도 마음이 무거워지는 건 어쩔 수 없어, 한숨이 절로 흘러나왔다. 로렌은 흘러나오려는 한숨을 삼키고, 되도록 차갑게 들리도록 신경 써서 말했다.

"너는 애들을 데리고 자작령으로 돌아가 있어라."

"예? 하지만……."

"마력이 소진된 마법사는 있어봐야 방해만 된다. 대학으로 돌아가 배움을 얻고 마력을 다시 쌓아라. 알베르트 조의 애들도 마찬가지다. 그렇게 전해."

이것이 현실이었다. 후퇴에 후퇴를 거듭해야 하는 불리한 전선에서 언제 명상을 해서 마력을 되찾겠는가? 효율도 좋지 않다. 새로 배움을 얻는 게 훨씬 효율적이었다.

전선으로 복귀하는 데 시간이야 걸리겠지만, 마법 화살 몇 번 쏘라고 마법사를 전장에 세워놓는 건 어리석은 일이었다. 최소한 연쇄 화염 폭발 정도는 사용할 수 있어야 했다.

로렌의 차가운 말에 베르테르는 입술을 씹었다.

"…알겠습니다."

머리로는 이해하지만 가슴으로는 납득이 안 될 것이다. 죽은 전우들의 복수도 하고 싶을 테고, 뭐라도 하고 싶을 터. 로렌은 그런 베르테르의 심정은 십분 이해하지만, 상황이 상황이니만큼 어쩔 수 없었다.

슬퍼하는 것도, 죽은 자의 넋을 기리는 것도 지금은 뒤로 미뤄야 할 때였다.

50장
프라이드

아군 패잔병들과의 합류 지점을 잡은 후, 로렌은 다시 지원군 쪽으로 돌아갔다.

그런데 로렌이 대기시켜 둔 자리에 지원군은 없었다.

야영지에는 급하게 불을 끈 흔적과 미처 접지 못하고 간 천막, 그 외의 쓰레기들이 어지러이 널려 있었고 누군가가 화풀이라도 한 듯 전부 다시 쓰지 못할 정도로 심하게 부서지거나 더럽혀져 있었다.

로렌은 무슨 일이 생긴 건지 금방 파악하고 도약을 통해 하늘로 날아올랐다. 몇 km 떨어진 곳에 란체 드워프들을 비롯한 지원군들이 숨어 있는 것이 보였다.

"각하, 어서 오십시오."

로렌이 다가가자, 벤쿠버가 먼저 나서서 거들먹거리며 인사했다.

"활약한 모양이로군, 벤쿠버."

"역시 눈치가 빠르시군요. 그렇습니다. 위기 감지가 두통이 올 정도로 울려서, 제가 억지를 부려 여기까지 대피했지요."

상황은 이렇다. 야영지에 위 오우거들이 야습을 가해왔고, 벤쿠버는 그걸 위기 감지로 미리 알고 그 전에 대피한 것이다. 그 덕에 아군의 피해는 보급품 조금을 못 쓰게 되어버리는 것에 그쳤다.

"잘했다. 돈 들여서 고용한 보람이 있군."

로렌은 벤쿠버를 치하했다.

"전황이 전해 들은 것과는 다른 모양이더군요."

벤쿠버도 로렌 못지않게, 아니, 아마도 그보다도 더욱 눈치가 빨랐다.

"그래. 너희들에겐 웃돈을 얹어줘야 할 일이 생겼어."

"그것참 반가우면서도 소름 돋는 이야기로군요."

벤쿠버가 목이 타는 듯 입맛을 다셨다.

"위기 감지 쪽은 어떤가? 이길 수 있을 것 같은가?"

"그건 잘 모르겠습니다. 아니, 잘 모르겠다기보다는 애매합니다. 이런 경우는 보통 의뢰를 내팽개치고 도망치는데 말입죠."

밴쿠버의 눈동자가 데굴데굴 굴러다녔다.

"그렇군."

리처드 남작이 이끄는 기사단에 축복받은 자가 셋이나 있는 란체 드워프 용병단이 있는데도 '애매하다'라. 로렌은 골치가 아파져 관자놀이를 손가락으로 꾹꾹 눌러대었다.

이 패전은 윌리엄 공작이 무능한 탓도 있었겠지만, 적측에 계산 외의 존재가 있었던 탓이리라. 아마도 높은 확률로 '축복받은 자'일 테고 말이다.

"하는 수 없지. 윌리엄 공작령은 버린다."

장고 끝에 로렌은 그렇게 결론을 내렸다. 이미 공작령 전체가 불타고 있었고, 적들은 이미 점령지의 지형을 다 파악했을 터였다. 이런 상황에서 워 오우거에 '축복받은 자'까지 얽힌 게릴라 부대를 상대하는 것은 너무 위험했다.

로렌의 대답을 들은 밴쿠버는 어느새 이마에 송송 솟은 식은땀을 닦아내며 웃었다.

"저는 고용인을 참 잘 고른 것 같군요."

"별로 칭찬처럼 안 들리는군그래. 아무튼 전파해라. 기사단 측에는 내가 전달할 테니 됐어."

"알겠습니다, 각하."

*   *   *

　리처드 남작은 워 오우거와 당장 맞붙고 싶어 했지만 군말 없이 로렌의 결정에 따라주었다. 로렌도 패잔병 쪽에 합류해서 후퇴시켰다. 어차피 후퇴 중인 군대였지만 더 적극적으로 정당성을 갖고 후퇴할 수 있는 것에 기뻐하는 반응이었다.

　'심하게 당한 모양이로군.'

　이런 군대를 데리고는 이길 수 없다. 거듭된 패전으로 인해 이미 사기는 밑바닥을 쳤고 적들에 대한 두려움에 사로잡혀 있다.

　일이 이렇게 된 이상 어쩔 수 없었다. 로렌은 이순신이 아니다. 로렌은 영주들에게 추가 지원군을 요청했다.

　영주들은 대귀족인 윌리엄 공작이 죽고 공작령은 레물로스 왕국에게 넘어갔다는 소식은 영주들을 공포에 잠기게 만들었다. 그들은 왕국군 총사령관인 디셈버를 맹렬하게 비난하면서도 한편으로는 지원군과 보급품을 보내주었다.

　총사령관의 경질은 아무도 입 밖에 내밀지 않은 것으로 보아, 다들 로렌을 대신해 워 오우거들과 직접 맞붙어보고는 싶지 않은 모양이었다.

　'하긴 리처드 남작이 특이한 거지.'

　로렌은 쓴웃음을 지었다.

어쨌든 전선은 밀렸고, 적들은 새로 점령한 윌리엄 공작령에 보급로를 확보하고 군영을 꾸리는 데 시간을 쓰고 있었다. 그 덕에 로렌은 지원군과 보급품을 수령하고 전선을 추스를 시간을 충분히 벌 수 있었다.

그럼에도 적들의 행동이 별로 어리석은 행동이라고 할 수는 없다. 무작정 진군만 했다가 후방을 타격당해 포위당하고 보급로도 끊겨서 다 죽을 수도 있으니까. 양측 모두에게 이득인 결정이라 할 만했다.

이렇게 사용한 시간이 한 달.

먼저 진군을 시작한 건 레뮬로스 왕국의 워 오우거들이었다.

*   *   *

워 오우거는 말하자면 수사자와 같은 존재이다. 무리의 우두머리 자리를 맡아야 하며, 한 무리에 두 마리의 수사자가 있을 수 없다.

애초에 전술 지휘 능력이 장점인 워 오우거를 한데 모아놓는다는 것 자체가 비효율적이다. 인간이나 오크, 드워프 등으로 이뤄진 부대에 워 오우거를 지휘관으로 두는 것은 이미 정석이나 다름없다.

워 오우거 본인들도 자존심이 강해서, 자신의 지휘권을 침범하려는 시도를 절대 용납하지 않는다. 워 오우거 둘을 같은 집단에 두면, 부대가 두 갈래로 갈가리 찢기는 것을 목격할 수 있다. 아니면 둘 중 하나가 죽어나가거나.

그렇기에 워 오우거로만 이뤄진 부대라는 건 존재할 수가 없다. 한 부대에 워 오우거는 딱 한 명. 그것이 철칙이나 다름없다.

그런데 여기에 예외가 존재한다.

워 오우거로만 구성된 부대, '프라이드'. 다섯 명으로 이뤄진 이 작은 규모의 부대는 다른 워 오우거 집단과는 달리 내분도 파벌도 갈등도 없고 한 명의 지휘관 아래 한 몸처럼 움직이는 것으로 유명하다.

이를 가능하게 만드는 남자. '프라이드'의 분대장, 아무르.

대체 아무르에게 어떤 비밀이 있기에 그 자존심 강하기로 유명한 워 오우거들이 그의 지휘에 잠자코 따르는가? 많은 이들이 '프라이드'의 비결에 대해 궁금해했으나, 좀처럼 그 답에 이르지 못했다.

제아무리 똑똑한 학자라도, 경험 많은 베테랑이라도 아무르가 어떤 방법으로 분대원들을 휘어잡는지 알아내지 못했다.

사실 그 비결은 간단했다.

'축복'이다.

아무르는 '축복받은 자'이다.

"디셈버라는 마법사를 죽여야 한다."

그것이 이번에 아무르가 받은 '신탁'이었다.

"그 디셈버라는 놈, 소문만 들어보면 보통이 아니던데요?"

부관이 한마디 했다.

부관 또한 워 오우거다. 둘 다 워 오우거지만, 사용하는 언어
는 북부 공용어다. 워 오우거들은 동족들이 같이 있는 시간이
적은 만큼, 오우거어를 잘 사용하지 않는다. 설령 프라이드처
럼 워 오우거로만 이뤄진 분대라 하더라도 그건 마찬가지였다.

워 오우거들이 오우거어를 쓰는 건 가족끼리 있을 때뿐이었
다.

부관의 말에 아무르는 크크큭 낮은 웃음소리를 흘렸다.

"드래곤이라는 소문도 있더군. 역시 소문은 믿을 게 못 돼."

"그야 그렇죠. 드래곤이라니."

부관은 아무르의 말에 동의했다. 드래곤이라니. 적국의 왕
이 용의 아들이라는 소문만큼 신빙성 없는 소문이다.

"어떻게 하시겠습니까?"

"우리만 먼저 따로 움직인다. 녀석은 적의 총사령관이라는
모양이더군. 암살해 버리면 적의 중심을 흔들 수 있을 거야."

'프라이드'는 독자적인 작전권을 지닌다. 레뮬로스 왕국군
상부의 명령을 들을 필요가 없다는 건 아니나, 명령 없이도
따로 움직일 수 있는 권한이 있다는 의미이다. 이 권한을 가
지고 있다는 것 자체가 프라이드가 그동안 어떤 활약을 해왔

는지를 잘 알려주었다.

"본심은?"

"물렁이들이 준비를 다 마칠 때까지 기다리는 게 답답하군. 바람 쐬러 가자."

물렁이들이란 워 오우거가 아닌 다른 종족, 그리고 그 종족으로 이뤄진 부대를 이끄는 워 오우거도 포함한 단어다. 프라이드라는 집단에 대한 자부심이 잘 드러나는 대장의 말에 부관도 이빨을 드러내어 보이며 웃었다.

"알겠습니다."

그렇게 프라이드의 움직임이 결정되었다.

*   *   *

비슷한 시각, 로렌은 스칼렛을 타고 하늘을 날아다니고 있었다.

한 달이라는 시간이 짧지는 않고, 로렌은 그동안 눈코 뜰 새도 없이 바빴다. 대부분이 공무로, 새로 찾아온 지원군을 배치하고 보급품을 분배하거나 지휘권을 조율하는 등 책상 위에서 해결해야 할 일이었다.

공중정찰이라는 명목으로 밖에 나온 것 자체가 기분 전환에 가까웠다. 별로 쾌적하지도 않은 지휘관실에 틀어박혀서

서류만 읽는 것도 사람이 할 짓이 아니었다.

당연하게도 공중정찰은 필요한 일이기도 했다.

근래 들어 적들의 움직임이 활발해지고 있었다. 점령지의 안정화가 진행되었다는 소리이기도 하기에, 적의 움직임을 파악하고 적의 요충지 위치를 확인하는 것은 반드시 필요한 작업이었다. 로렌밖에 못하는 일이기도 하고 말이다.

"간만에 같이 나오니까 좋은데?"

스칼렛만 속 편한 듯 들뜬 목소리로 그렇게 말했다. 원래 자작령에 남겨두려고 했던 스칼렛이었지만, 상황이 영 좋지 않아 그냥 데리고 왔다.

스칼렛만 데려온 것도 아니고 바투르크를 비롯한 오크 기사단도 소환했다. 로렌의 마법사 제자들은 대학으로 돌아갔다지만 그들은 마력의 재확보에 바쁘니, 실질적으로는 가용 가능한 대부분의 병력을 빼온 것이나 다름없었다.

자작령의 방어를 텅텅 비우는 건 불안하지만 에드워드 백작과 그레고리 남작을 믿었기에 할 수 있는 일이었다.

"그래, 기분 좋네."

로렌은 스칼렛에게 공력을 밀어 넣으며 대답했다. 로렌류 용기술이다.

하늘이야 지금은 로렌도 날 수 있다. 스칼렛을 데려온 건 공력의 빠른 회복을 위해서였다. 아니라면 탈란델의 항의도 무시하고 데리고 왔을 리가 없었다.

"그러고 보니 로렌, 네가 드래곤이라는 소문이 돌던데."

그 소문은 잠잠해진 거 아니었나. 입맛이 써진 로렌은 스칼렛의 말에 바로 대답하지 못하고 몇 초간 침묵하고 말았다.

"…나 말고 디셈버 이야기야."

"디셈버가 너잖아!"

스칼렛이 깔깔거리며 대꾸했다. 또 할 말이 없어서 다시 입을 다무니, 그게 재미있다는 듯 스칼렛은 또 웃었다.

어쨌든 이렇게 웃고 떠드는 동안에도 공력의 교환은 활발히 일어나고 있었고 로렌의 시선은 지상을 날카롭게 훑고 있었다.

그때, 로렌의 눈에 기이한 집단 하나가 들어왔다.

워 오우거 다섯 명으로 이뤄진 소분대. 워 오우거는 보통 집단에 단 한 명만 존재하니, 로렌은 저 집단의 정체를 금방 알아볼 수 있었다.

"프라이드로군."

로렌의 눈이 빛났다. 워 오우거로만 이뤄진 적 정예 게릴라 부대, 프라이드. 레뮬로스 왕국군에서 최우선 경계 대상으로 꼽힌 집단이기도 했다.

프라이드는 나름 기도비닉을 유지하며 은밀하게 움직이고 있었지만, 상공마저 주의할 수는 없었는지 하늘에 있는 로렌에겐 그 움직임이 훤히 다 보였다.

게다가 상공에 있는 로렌의 모습은 아직 들키지 않았다. 스칼렛이 명률법으로 존재감을 숨겼으니 당연했다.

하긴 상대 집단에는 '축복받은 자'가 끼어 있고, 그렇기에 명률법을 이용한 은신을 과신하는 건 위험하긴 하다. 그럼에도 저들이 상공의 로렌을 눈치챈 기색은 보이지 않았다.

"기습을 할 절호의 찬스로군."

프라이드는 불과 다섯 명으로 이뤄진 집단임에도 불구하고 그동안 아군에게 막대한 희생을 강요해 온 정예 부대였다. 여기서 처리해 버릴 수 있다면 신출귀몰한 프라이드의 게릴라 전술에 더 이상 떨 필요가 없어진다.

그리고 대장인 아무르는 축복받은 자일 가능성이 매우 높았다. 처리하는 것만으로도 전세가 확확 바뀌는 걸 로렌은 도이힐 영주 연합 전선에서 이미 체감했다.

상대가 대부대인 것도 아니고 소규모 부대로 움직이고 있는 이상, 로렌이 단신으로 뛰어들 수 있는 조건도 갖춰졌다.

그래도 상대는 축복받은 자. 만약의 경우 몸을 뺄 수단이 필요했고 스칼렛은 그 수단에 딱 부합했다. 스칼렛이 전장의 상공에 활공하고 있으면 위험해졌을 때 로렌은 도약 몇 번 하는 것만으로 그녀와 합류할 수 있고, 날아서 도망치면 끝이다.

'상황이 너무 좋아.'

그야말로 절호의 기회.

"이번 기회에 꼭 처치해 둬야지."

로렌은 결심했다.

"뭐?"

"스칼렛, 활공하고 있어줘."

"알았어!"

스칼렛의 대답을 들은 로렌은 더 이상 망설이지 않고 그녀의 등에서 휙 뛰어내렸다.

*　　　　*　　　　*

아무르는 반사적으로 고개를 들었다.

"전투 준비."

"전투 준비!"

아무르의 지시에 부관이 즉시 복창했다. 다섯 명의 워 오우거가 그 지시에 따라 각자의 무장을 꺼내 들고 순식간에 전투 준비를 마쳤다.

쾅!

떨어져 내린 건 로렌이 아니라 폭발이었다. 화염 폭발도, 전격 폭발도 아닌 삼중 융합 주문인 폭발. 그러나 그 폭발에 휘말린 워 오우거는 단 한 명도 없었다.

아무르는 씨익 웃었다.

[간파]

그것이 아무르가 처음으로 받은 축복의 이름이었다.

그냥 적의 의도와 공격을 간파하는 것에서 끝나는 것이 아니다.

[지휘]

두 번째 축복으로 얻은 이 능력을 통해, 아무르는 자신이 간파한 내용을 휘하의 부하들에게도 전파할 수 있다. 그뿐만이 아니라, 지휘의 영향을 받는 부하들의 신체 능력 또한 향상시킬 수 있다.

지금의 [지휘] 능력을 얻기 위해 아무르는 세 번의 신탁을 수행해야 했다. 기존의 지휘는 그저 소대 안의 영향력을 확고히 하는 것에 지나지 않았으나, 두 번에 걸친 업그레이드 끝에 [간파]를 전파할 수 있게 되었고 소대원의 능력 또한 증폭시킬 수 있게 된 것이다.

그럼에도 [지휘]에는 아직 부족한 점이 많다고 아무르 본인은 생각하고 있었다. 그도 그럴 만한 것이, [지휘]의 영향 안에 넣을 수 있는 인원에 제한이 있었기 때문이다. 이것이 프라이드가 다섯 명인 이유이기도 했다.

"적이 먼저 찾아오다니, 나는 참 운이 좋군."

이미 기습해 온 상대가 '디셈버'임을 아무르는 간파했다. 정확히는 상대가 신탁의 표적임을 간파한 것이지만 그게 그거였다.

아무르는 자신의 사고를 간략화시켰다. 이제 반격을 해야
할 때였다.

*   *   *

"헉!"

로렌은 놀라 완강 주문을 쳐서 낙하 속도를 줄였다.

완벽한 기습이었다. 명률법으로 존재를 숨기고 날아와 투사
체도 없는 폭발 주문으로 선공을 취했다. 못 피하는 게 당연
한 기습이었으나, 마치 로렌의 의도를 간파하기라도 한 듯 깨
끗하게 회피해 버렸다.

기습이 실패한 이상, 곧장 돌아가 후퇴하는 게 나을지도 모
른다.

로렌은 그렇게 생각했지만, 이미 그의 손에는 각인창이 쥐
여져 있었다. 머리보다도 먼저 몸이 전투를 선택했다.

쿵. 로렌의 몸이 지면에 떨어지자마자 다섯 워 오우거가 각
자의 병장기를 빼 들고 로렌을 향해 달려들었다.

'크군.'

워 오우거의 체구는 상당히 큰 편이다. 체구가 작은 녀석이
라도 2.5m, 큰 녀석은 3m에 달한다. 데이터로는 알고 있었으
나, 이렇게 병장기가 맞부딪힐 정도로 근접해서 목격한 건 로

렌도 처음이었다.

이 덩치 때문에 굼떠 보이는 인상이 있으나, 별로 그렇지도 않다. 순발력과 지구력 모두 인간을 가볍게 상회한다. 만약 로렌이 공력을 다뤄 신체 능력을 강화시킬 줄 몰랐다면 그는 지금쯤 워 오우거들의 병장기에 의해 살해당했을 것이다.

카앙!

로렌은 날아오는 유성추를 각인창으로 쳐냈다. 제대로 쳐내지 못했다면 유성추가 각인창을 휘말아 휘두르지 못하게 될 수도 있었다.

그러고 보니 다섯 워 오우거의 무기가 다 다른 것도 재미있었으나, 지금은 재미있어 할 때가 아니었다. 바로 다음 공격이 날아들어 왔으니까. 편곤이었다.

'껄끄럽군.'

로렌은 생각하며 강화 마법 화살을 날렸다. 첫 발째는 공격을 상쇄시키려는 의도였고, 다음 공격으로 적에게 타격을 가할 생각이었다.

우지끈.

편곤의 나무 장대 쪽에 강화 마법 화살의 첫 발째가 의도대로 적중해 부러지는 소리가 들렸다.

하지만 두 발째는 아니었다. 표적이었던 워 오우거가 휙 뛰어 피해 버린 것이다.

폭발 주문을 피해 버린 걸 생각하면 그리 놀랄 일은 아니었다. 그래서 로렌은 바로 다음 공격을 준비했다.

각인, 폭(爆).

자신을 포위한 워 오우거들에게 전부 공평하게 피해를 주기 위해 로렌은 자신의 몸을 중심으로 주변을 전부 폭발시킬 생각이었다.

그러자 다섯 명의 워 오우거들이 전부 정확히 폭발 반경의 바깥으로 도망가는 게 아닌가!

"설마 다섯 명 모두 '축복받은 자'냐?!"

각인의 힘을 거두며, 로렌은 하도 성이 나서 외쳤다. 오우거어(語)였다. 뭐든 배워서 마력으로 전환하려던 로렌 하트는 오우거들도 잘 안 쓰는 오우거어도 배워놓았다.

"로어 엘프에게서 오우거어를 듣다니. 거참, 별일도 다 있군."

대답이 돌아왔다. 드워프어였다. 그 말을 들은 다른 워 오우거들이 낄낄거렸다.

어째서 드워프어? 엘프와 드워프의 사이가 안 좋으니, 로어엘프인 디셈버는 드워프어는 모를 거라고 생각해서 굳이 드워프어를 골라 쓴 것 같았다.

하지만 로렌은 당연히 드워프어도 알아들을 줄 안다.

"로어 엘프에게서 드워프어를 듣는 경험은 어떤가? 새로운 경험인가?"

드워프어로 그렇게 이죽거리며, 로렌은 가장 가까운 워 오우거를 노려 창격을 뿌렸다. 비천뇌극창의 극의를 담은 창격이 워 오우거에게 날아들었다.

"헛!"

웃어대느라 방심이라도 한 건지, 표적이 된 워 오우거는 허둥거리며 물러났다. 중요한 건 어쨌든 공격은 통하지 않았다는 것이다.

양옆의 다른 두 워 오우거가 그 오우거의 빈틈을 막아주면서 추가 공격은 불가능해졌다.

"닥치고 뒈져라! 디셈버!!"

어느새 로렌의 등 뒤로 돌아와 있던 워 오우거가 언월도를 휘둘렀다. 그 빤한 공격을 예상하지 못할 로렌은 아니었다. 몸을 돌리지도 않고 공격을 피해낸 로렌은 금강의 격을 발동해 각인의 팔로 비검을 꺼내 들어 라부아지에류 비검술 3절의 수법으로 던졌다.

"어엇, 뭐야? 이거!"

반격당한 워 오우거는 크게 당황하며 물러났다. 놈에게는 로렌이 염동력이라도 쓴 것처럼 보일 것이다.

이미 빈틈을 보인 적을 로렌은 그냥 놔두지 않았다. 날린 비검은 각인비검. 각인, 폭(爆)의 연계가 물 흐르듯 이어졌다.

쾅!

"후우… 이제야 한 명 처치했군. …음?"

반대쪽 빈 각인의 팔로 머리를 쓸어 올리던 로렌은 놀라 뒤를 돌아보았다. 폭발 각인의 공격을 받은 워 오우거가 조금 상처를 입긴 했지만 생각보다 멀쩡했다.

"…정말 튼튼하군."

워 오우거들에게서 공력은 느껴지지 않았다. 아까부터 그랬다. 초월적인 신체 능력을 보여주고는 있지만, 어쨌든 워 오우거들은 그냥 신체 능력만으로 싸우고 있었다.

그래서 내구력만큼은 상식적일 줄 알았는데, 그랬던 로렌의 예상이 빗나가고 말았다.

"그것도 축복인가?"

"아니다, 이 괴물아!"

사모(蛇矛)를 든 워 오우거가 드워프어로 쏘아붙이며 상처 입은 언월도의 오우거를 커버했다.

"괴물은 누가 괴물이야. 괴물은 너희들이겠지."

로렌은 끌끌 혀를 차며 대꾸했다.

'그건 그렇다 치고, 어쩐다.'

다섯 명 정도는 쉽게 해치울 수 있을 줄 알고 기습한 건데, 생각했던 것보다 훨씬 골치 아픈 상대들이었다. 이쯤 해서 몸을 뺄까도 생각해 봤지만, 이들을 정규전에서 격살하는 건 더 힘들 것 같아 망설여졌다.

'차라리 여기서 패를 다 꺼내서라도 최소한 세 명 정도는 죽이는 게 좋을지도 모르겠는데.'

로렌의 눈동자가 한층 더 진한 살기를 머금자, 대장으로 보이는 쌍검을 든 워 오우거가 움찔하더니 말도 없이 갑자기 등을 내보이고 달리기 시작했다.

다른 네 워 오우거들도 마찬가지였다. 아예 이쪽을 볼 필요도 없다는 듯, 뒤도 돌아보지 않고 쌍검 워 오우거를 따라 달리기 시작했다.

"뭐야, 도망가는 거냐?!"

로렌의 도발적인 외침에도 대답은 돌아오지 않았다. 적들은 말 그대로 전력 질주를 하고 있었다. 도약으로 따라가는 건 간단하지만, 적들의 '축복'이 신경 쓰였다.

함정일 수도 있었다.

보통 도주란 건 겁을 먹은 자들이 하는 행동이고, 그런 자들은 등 뒤의 자신에게 공포를 준 대상을 의식할 수밖에 없다. 그렇다면 도망치면서 뒤를 힐끔거리기라도 할 것이다.

그런데 등을 보인 채 이쪽엔 시선도 주지 않고 전력 질주? 말이 안 된다.

즉, 적들은 겁을 먹고 후퇴하는 게 아니다.

'마치 뒤를 보지 않아도 내 공격을 전부 간파하고 회피할 수 있다는 것 같군.'

오히려 이렇게 생각하는 편이 자연스러울 정도였다.

"…그래도 여기서 그냥 보내는 건 너무 아쉬운 일이지."

도이힐 영주 연합 쪽 전선에서 밴쿠버를 처음 놓쳤을 때의 일을 생각하면, 프라이드를 그냥 보내주는 건 너무 위험했다.

로렌은 작은 위험을 감수하기로 했다.

로렌은 곧장 별의 몸으로 도약을 치고 강화 마법 화살을 쏘아대며 적을 쫓았다. 가장 움직임이 느린, 방금 전에 부상을 당한 워 오우거를 목표로 정했다.

'최소한 한 놈은 죽인다.'

로렌의 날카로운 살기가 내쏘아지자, 적들의 움직임에도 변화가 생겼다. 쌍검을 든 워 오우거가 혼자 반전해 부상당한 워 오우거의 등 뒤를 막아주기 시작한 것이다.

"대장!"

"멍청아, 뒤를 돌아보지 말고 뛰어라!!"

그제야 로렌은 쌍검을 든 놈이 대장인 걸 알았다. 놈들이 그동안 잘 숨겨왔는데, 부상당한 놈이 상황이 급한 탓에 자기도 모르게 외치고 만 덕분이었다.

"하!"

로렌은 천수의 격을 전개해 네 쌍의 팔로 네 자루의 비검을 모조리 집어 던지며 각인의 힘을 아낌없이 퍼부었다. 각인의 힘으로 한층 더 예리해진 비검이 대장이라고 불린 워 오우거의 사지를 노렸다.

챙챙챙!

적 대장은 자신이 든 쌍검으로 로렌이 날린 비검들을 잘 막긴 했으나, 그 탓에 도망치는 속도가 느려졌다.

"하하하!"

적 대장에게 접근한 로렌은 각인창을 든 손에 힘을 주었다.

'죽일 수 있다!'

비천뇌극창의 요령으로 창극이 적의 심장을 향해 쏘아진 순간, 옆에서 유성추가 날아들었다. 공력이 실리지는 않았으나 정확하게 급소를 노리고 날아오는 그 공격은 무시하기가 힘들었다.

로렌은 창을 돌려서 그 공격을 막지는 않았다. 대신 금강의 격으로 꺼낸 각인의 팔로 공격을 막았다.

각인, 강(剛)!

공격이 어찌나 강렬한지, 각인의 힘이 쭉쭉 빨려 나갔다. 만약 각인을 쓰지 않았더라면 아무리 각인의 팔이라도 부러질 수도 있겠다는 생각에 간담이 서늘했다.

하지만 굳이 각인의 팔을 꺼내 공격을 막은 보람은 있었다.

푸욱.

비록 노렸던 심장은 꿰뚫지 못했으나, 적 대장의 오른 어깨를 꿰뚫는 데는 성공했기 때문이다.

"크으으윽!"

적 대장의 입에서 고통의 신음성이 터져 나왔다.

'됐어!'

로렌은 곧장 회수했던 비검을 다시 날렸다. 도망치던 적 부하 놈들이 더 이상 참지 못하겠는지 몸을 돌려 돌아오고 있었지만 이미 늦었다.

각인, 탄(彈)!

네 자루의 비검이 각인의 탄을 날리며 어지러이 공세를 취했고, 로렌의 창 또한 뱀처럼 움직여 심장을 노렸다. 오른 어깨를 부상당해 더 이상 쌍검을 제대로 다룰 수 없게 되었으니, 지금이야말로 절호의 기회였다.

"죽어라!"

로렌은 각인의 팔로 기습적으로 각인검을 발출해 다음 공격을 날리면서, 몸을 던져 대장을 지키려는 다른 워 오우거들에게는 화염 폭발을 던져 뒤로 날려 버렸다.

쿠콰콰쾅! 퍼억!!

*   *   *

'실수했군.'

프라이드의 대장, 아무르는 탄식했다.

'전술적으로는 부상병을 버리는 게 옳다.'

아무르도 머리로는 알고 있었다. 부상병 하나를 내주고 다른 네 명이 전속력으로 후퇴했다면 끝날 문제였음을. 아마 다른 부하들도, 부상병 본인도 이해하고 있는 일이었으리라. 그러니 당황한 나머지 아무르를 대장이라 부르는 실수까지 한 것일 테고.

그러나 아무르는 등을 돌려 부상병을 지키는 선택을 했다.

동족이었기 때문이다.

'다른 종족이었더라면 그러지 않았을 테지.'

보통 워 오우거는 한 부대에 두 명 이상 두는 법이 없다. 그렇기에 이런 실수를 할 가능성도 희박하다. 일개 병사라면 그냥 잘라내어 버리고 더 중요한 것을 챙기는 것이 올바른 판단이다. 아무르도 인간이나 오크, 엘프 등 타 종족 병사라면 그랬을 것이다.

'후……'

화염 폭발로 부하들이 터져 날아가고, 표적인 디셈버의 칼이 자신의 목을 노리고 날아오는 광경을 아무르는 주마등 보듯 보았다. 모든 것이 느려져 보였다.

다음 순간.

시간이 느려지다 못해 멈춰 버렸다.

그리고.

[신탁]

신탁이 떴다.

'이런 순간에?'

아무르는 황당해 눈을 깜박거리려고 했지만 멈춰진 시간 속에서는 눈조차 깜박일 수 없었다. 그저 인지와 사고만이 정지된 공간을 유영할 뿐이었다.

[네 발목을 붙잡는 부상병을 죽여라. 그리하면 축복을 내릴 것이니…….]

신탁의 내용이 떴다.

'말도 안 돼!'

아무르는 순간 생각했으나, 깨닫기까지는 그리 많은 시간을 필요로 하지 않았다. 어차피 이대로라면 자신을 포함해 프라이드 전원이 몰살당하고 말 것임을.

눈앞의 상대, 적의 대마법사는 아무르의 축복, [간파] 없이 상대할 수 있는 맞수가 아니다. 시간이 다시 움직이면 아무르의 목이 먼저 떨어질 것이고, 그러면 [지휘]의 효과도 사라지게 될 것이다.

그 결과, 프라이드는 레물로스 왕국의 특수부대가 아닌 그냥 평범한 워 오우거 네 명의 오합지졸이 되어버린다.

'그 후에는 다 죽겠지.'

어쩔 수 없었다. 다른 방도가 없었다. 아무르는 쌍검을 들었다. 움직일 수는 있으나, 허락된 움직임은 단 하나뿐이었다.

신탁에 따라, '축복받은 자'는 칼을 휘둘러 자신의 부하를 자신의 손으로 죽였다.

*   *   *

"……!"

위화감을 느낀 로렌은 즉시 도약을 사용해 후방으로 뛰었다. 무슨 일이 생긴 건지 명백하지 않았다. 이상했다.

로렌은 곧 답을 찾았다. 아무르가 칼을 휘둘러 자신의 부하를 직접 살해한 것을 보고 말이다.

"'그분들'이 개입한 건가?"

그 결론에 이르는 것은 어렵지 않았다.

로렌의 공격을 막고 도망치는 데 주력해도 모자랄 판에 부하에게 칼을 휘두른다? 말이 되질 않았다. 그런데 아무르는 부하를 죽였다. 방금 전에 그가 구하려고 등을 돌렸던, 소중한 부하를 말이다.

그럴 수밖에 없었던 이유가 있었으리라. 그리고 이런 말도 안 되는 행동을 취할 수밖에 없었던 이유는 단 하나뿐이다.

'신탁.'

로렌은 이를 갈았다.

'골치 아파졌군.'

부하를 죽인다는 신탁을 이행함으로써 아무르는 새로운 축복을 받았으리라.

'실시간으로 적이 강해진다니, 이거 사기 아니야?'

식은땀이 등을 타고 흘렀다. 로렌은 연속적으로 도약을 쳐 상공으로 올라왔다. 스칼렛이 기다렸다는 듯 그를 등에 태웠다.

"로렌! 괜찮아?"

"아직은. 하지만 앞으로는 좀 애매할지도."

아무르가 스칼렛을 정확히 노려보고 있었다. 정확히는 그녀의 등 위에 올라탄 로렌을 노려보고 있는 것이겠지만. 그 시선을 마주 보며, 로렌은 쓴웃음을 지었다.

'저놈을 상대로는 명륜법도 통하지 않는군.'

스칼렛은 명륜법으로 존재감을 숨긴 상태였지만, 아무르는 아랑곳하지 않고 시선을 던지고 있었다. 그다지 놀라지 않는 것으로 보아 스칼렛이 드래곤인 것까지는 간파하지 못한 것 같았지만, 명륜법을 간파당하고 있다는 것 자체가 불쾌했다.

"미안하다, 스칼렛. 힘을 좀 빌려줘."

역시 지금 처치해 둬야 할 것 같았다. 스칼렛의 힘을 빌려서라도 말이다.

"그래!"

스칼렛은 간단하게 대답했다.

갑작스러운 아무르의 폭거에 부하들은 상당히 놀란 모양이었다. 그야 그렇다. 아군을 죽였으니. 그것도 방금 전까지 살리려고 했던 부상병을 말이다.

적 표적, 대마법사 디셈버가 갑자기 물러난 틈을 타 부하들이 아무르에게 다가왔다.

"대장, 어째서!"

"…이유는 곧 알게 될 거다."

부하의 항의하는 목소리에 아무르는 차갑게 대꾸했다.

마치 태어나자마자 엉덩이를 맞아 호흡하는 법을 깨닫듯이, 아무르는 축복으로 새롭게 받은 능력에 대해 이해했다.

[그림자 분신]

아무르의 그림자가 둘로 나뉘어, 실체를 가지고 일어섰다.

그림자들의 모습 자체는 아무르의 분신처럼 보였지만 가짜라는 게 확 티가 나는 수준이었다. 그림자는 아무르와 똑같이 움직인다. 동기화를 끊으면 자율적으로 움직이고, 간단한 움직임을 지시할 수 있다. 미리 입력시켜 둔 임의의 동작도 행할 수 있다.

그림자는 큰 피해를 입으면 사라져 버리지만 그 피해가 본체인 아무르에게 전달되지는 않고, 작은 피해라면 금방 회복해 버린다.

잘 훈련된 위 오우거 병사처럼 쓸 수 있겠다는 생각에 아무르는 흡족하게 미소 지었다.

'부하 한 명을 희생시켜서 두 명의 아군을 얻다니, 이득이로군.'

자기도 모르게 그런 생각을 하다가, 아무르는 화들짝 놀랐다.

'아니, 다른 생각하지 말자.'

일어난 그림자를 보며 부하들은 놀라 말했다. 다행히 그림자에 정신이 팔려 아무르의 미소는 보지 못한 듯했다.

"이것이 새로 얻은 축복입니까?"

"그래. [그림자 분신]이다."

[그림자 분신] 또한 [간파]처럼 [지휘]를 통해 다른 부하들에게 전파되었다. 비록 아무르처럼 두 개의 그림자를 일으킬 수는 없었으나, 좀 더 옅은 하나의 그림자를 하나씩 일으킬 수 있었다.

"훌륭하군요."

"대단합니다."

부하들도 새로 얻은 능력을 시험해 보며 감탄하고 있었다. 심정이야 이해하지만 지금은 그럴 때가 아니었다.

"…그보다 집중해라."

아무르의 시선이 하늘 위로 도망간 적수를 향했다. 부하들도 놀라 함께 아무르가 보는 방향을 보았다. 그들에게도 [간파]의 효과가 적용되었을 테니, 그들도 아무르가 보는 것을 같이 볼 수 있게 되었을 터였다.

적은 완전히 기척을 숨긴 채, 하늘을 유영하고 있다.

"…미친, 저게 사람인가."

사람은 하늘을 날 수 없다. 설령 마법사라 해도 그렇다. 아니, 정확히는 그랬다.

"상대는 대마법사다. 우리 상식으로 생각하면 안 돼."

"대마법사!"

부하들의 목소리에 떨림이 담겨 있었다.

"설령 그렇다 하더라도 우리가 해야 할 일은 변하지 않는다."

그에 비해 아무르의 목소리는 떨리지 않았다. 그의 시선은 변함없이 똑바로 적수를 향하고 있었다. 적이 도주를 선택하지 않을 것임은 이미 [간파]했다.

아무르도 마찬가지였다. 이대로 도망칠 생각 따위는 추호도 없었다.

아무르는 쌍검을 들어 올렸다. 부하를 죽인 칼이다. 적의 피로 씻어내지 못하면 더러워서 쓰지 못할 칼이기도 했다.

'반드시 복수한다.'

아무르는 살기를 가다듬었다.

"온다. 준비해라."

그러한 아무르의 태도에 부하들도 용기를 얻은 듯, 병장기를 쥔 손에 힘을 주었다.

아무르의 그림자들과 부하들의 그림자들도 그들과 같은 동작을 취했다. 그 광경을 본 부하들의 표정이 다소 밝아졌다. 그야 그렇다. 한 명이 희생당하긴 했지만 그들 소대는 두 배로 강해진 것이나 다름없었다. 자신감이 생길 만도 했다.

＊　　　　＊　　　　＊

"로렌, 저거 뭐야?"

지상을 내려다 본 스칼렛이 놀라 로렌에게 물었다.

워 오우거 하나의 그림자가 갑자기 본체에서 분리되더니, 세 명이 되어버렸다. 그리고 셋 모두에게 그림자가 없었다. 곧 이어 다른 워 오우거들에게도 같은 현상이 일어나는 게 아닌가? 세상의 법칙을 무시하는 기괴한 광경은 드래곤도 놀라게 만들기에 충분했다.

"나도 몰라."

로렌은 솔직하게 대답했다.

아마도 부하를 직접 죽임으로써 '신탁'을 수행하고 축복을 받아 새로운 능력을 얻은 것이겠지만, 그런 정보는 지금 도움이 되지 않는다.

당장 필요한 정보는 적의 새로운 능력이 무엇인지에 대한 것이었지만, 그건 로렌도 몰랐다.

"하지만 저거랑 지상에서 직접 칼을 맞부딪힐 생각은 들지 않는군."

모르는 게 너무 많다. 뭐가 어떻게 위험한지 모르기에 더욱 위험하다고 느낀다.

공포는 미지에서 오며, 적 워 오우거 대장이 꺼내 든 새로운 카드는 그렇기에 공포의 대상이 되기에 적합했다.

"도망칠까?"

"아니."

그럼에도 불구하고 로렌은 고개를 저었다.

"치사하게 가자고."

로렌은 지금 하늘 위에 있다. 높은 곳에 있다는 건 그만큼의 위치 에너지를 보유하고 있다는 말과 같다. 로렌은 그 위치 에너지를 이용해서 일방적으로 공격을 해볼 셈이었다.

간단히 말해서 폭격을 할 셈이었다.

'어차피 큰 피해는 입힐 수 없겠지만.'

이쪽의 공격을 간파하고 미리 피해 버리는 정체불명의 능력 때문에 지상에서 창칼을 맞댔을 때도 큰 피해는 주지 못했다. 하늘에서의 폭격이 효과적일 가능성은 낮았다.

이번 시도는 그냥 정보를 더 얻기 위한, 말 그대로 시도에 불과했다.

"그림자를 뽑아내는 능력이 다른 놈들에게도 주어진 걸로 봐서, 능력을 다른 놈들에게 나눠줄 수 있는 능력자가 있는 것도 확실해졌지."

로렌은 열두 발의 화염 폭발을 준비했다.

"과연 그 능력 전파가 그림자들에게도 적용될까?"

열두 발의 화염 폭발이 지면을 향해 떨어져 내렸다. 정확히는 적들의 '그림자'를 향해서.

쿠콰콰쾅!

"됐어! …어?"

화염 폭발이 자신을 직접 노리는 게 아니란 걸 간파한 건지, 워 오우거들은 회피 행동을 하지 않았다. 그림자들은 그냥 선 채로 화염 폭발을 얻어맞았다.

'그림자'에게까지 위기 감지인지 간파인지 뭔지 모를 능력이 전파되지는 않았다는 게 이번 실험을 통해 증명되었으나, 폭격의 결과만 놓고 보면 별 의미가 없었다.

왜냐하면 폭발을 얻어맞아 잠깐 모습이 지지직거렸던 그림자들은 금세 멀쩡해졌기 때문이다. 마치 처음부터 아무 피해도 받지 않은 것처럼 멀뚱히 선 그림자들의 모습을 상공에서 내려다보며, 로렌은 혀를 찼다.

"마법으로는 제대로 된 피해를 입힐 수 없는 모양이로군."

로렌은 등 뒤에서 두 자루의 비검을 꺼내 들었다.

"그럼 이건 어떨까?"

라부아지에류 비검술 3절의 수법으로 던져진 두 자루의 비검이 빠른 속도로 그림자들을 향해 날아갔다. 그림자의 주인들은 그림자를 움직여 비검을 회피하게 만들려고 노력했으나, 아직 그림자를 다루는 솜씨가 그리 좋진 않은지 그림자들의 움직임은 굼떴다.

퍽! 퍼억!

비검 두 자루는 두 개체의 그림자를 꿰뚫었다. 그러나 그림자는 그냥 꿰뚫고 지나갔고, 비검들은 땅에 박히고 말았다. 그림자들은 피해를 입긴 입는 건지 또 지지직거렸으나 다시 멀쩡해졌다.

"…저거 사기 아니야?"

물리적인 피해도, 마법의 피해도 무시하고 회복해 버리다니. 스칼렛이 이렇게 말하는 것도 무리는 아니었다.

"아직 한 가지 더 남았어."

로렌은 손가락을 딱 튕겼다. 그러자 마치 그걸 신호로 받아들이기라도 한 듯 비검에 꿰뚫렸던 그림자들이 쾅쾅 터져 나갔다.

각인, 폭(爆)!

사실 원격제어 같은 게 아니라 그냥 로렌이 타이밍 맞춰서 손가락을 튕긴 것뿐이지만, 어쨌든 보기에는 멋있었다.

문제는 보기에만 멋있었을 뿐이라는 점이었다. 폭발에 휘말린 그림자들은 원래의 모습을 되찾고 말았으니까.

"저거 사기 아니야!?"

이번에는 로렌이 분통을 터뜨릴 차례였다.

"내가 먼저 말했잖아……. 그건 그렇다 치고, 이제 어떻게 할 거야? 그냥 도망갈까?"

"끄으응……."

그나마 다행히 워 오우거들은 이런 상공까지 공격해 올 방법이 없어서 하늘을 올려다만 보고 있었다. 도망가는 거야 일도 아니었다.

한참 생각에 잠긴 로렌은 곧 결론을 내렸다.

"스칼렛, 로렌류 용기술을 수련해 볼 생각 있어?"

"뭐? 좋지, 그야!"

"이틀 정도 굶을 생각은?"

"어? …어……."

지구전이었다.

밴쿠버를 통해 알게 된 점이지만, 축복으로 얻은 능력을 쓰는 것도 공짜는 아니다. 밴쿠버의 경우 위기 감지를 발동할 때마다 그 대가로 두통을 겪는 모양이었다. 아래의 워 오우거들도 위기 감지 비슷한 능력과 저 그림자를 움직이는 능력으로 뭔가 소모하긴 할 것이다.

로렌과 스칼렛도 공짜로 하늘 위에서 버틸 수 있는 것은 아니다.

하지만 로렌에게는 회복 마법도 있고, 스칼렛도 공력을 통한 신체 능력 강화도 가능하다. 별의 몸으로 마력도 회복시킬 수 있고 이심으로 공력도 회복시킬 수 있다. 스칼렛에게도 로렌류 용기술로 공력을 회전시켜 주면서 버티면 상공에서 꽤 오랫동안 버틸 수 있을 터였다.

그러니 인내력 싸움으로 몰고 가면 틈이 보일지도 모른다.

"대가는?"

갑작스러운 스칼렛의 물음에 조금 고민하던 로렌은 약간 치사하게 나가기로 했다.

"공력이지. 너 아직 이심의 경지 못 열었지?"

"…이번에 열 수 있을지도 모르겠네."

그것이 긍정의 말임을 로렌은 바로 알아차렸다.

"그러길 바라지."

*　　　　*　　　　*

적이 있을 상공을 올려다보며, 아무르는 입술을 깨물었다.

'이대로는 안 돼.'

사기라도 당한 기분이었다. 부하까지 자기 손으로 죽여 가며 받은 축복이 지금은 무용지물이나 다름없어졌다.

'하긴 이 능력이라도 안 얻었다면 진작 전멸당하긴 했겠지.'

다섯 명으로도 막아내는 게 빠듯했던 적을 상대로 네 명이 막아낼 수 있을 리가 없었다. [그림자 분신]이라도 얻었기에 적 대마법사가 지상에 내려와 섬멸전을 벌이는 상황을 미연에 방지할 수 있었던 거다.

그렇다곤 해도 상황이 크게 나아지지는 않았다.

쿠콰쾅!

또다시 폭발이 일어났다. 이번에도 [간파]는 작동하지 않았다. 폭발의 대상이 그림자였던 탓이다. 그림자가 타격을 받아 지지직거리고 흔들렸다. 타격 자체는 아무르에게 전이되지는 않았지만, 그림자를 유지하기 위한 '무언가'가 아무르에게서 빠져나갔다.

그것은 부하들도 마찬가지였다.

상공에서의 공격은 간혹 아무르 본인과 부하들을 노리고 날아오기도 했다. 그때마다 [간파]가 발동했고, 그 대가로 어김없이 두통이 엄습해 왔다.

그나마 그림자를 유지하고 [간파]를 발동시키는 비용의 부담이 부하들 각자에게 돌아가는 것이 다행이었다. 만약 그것까지 아무르가 전부 부담해야 했다면 그는 진작 기절해 버렸을 테니까. 그렇게 되었더라면 바로 전멸당했을 것이다.

'이대론 안 돼.'

그렇더라도 이대론 안 된다. 현상 유지가 좋을 리가 없었다. 지속적인 소모를 통해 아무르와 부하들은 지쳐가고 있었다.

적은 먹잇감이 지쳐 쓰러지길 기다리는 독수리처럼 활공하고 있었다. 그리고 이대로 가면 적이 생각하는 대로 될 것이다.

'하지만 우리가 뭘 할 수 있지?'

아무리 워 오우거라도 상공의 적을 처치하는 전술 같은 건 모른다. 유성추를 던져봐야 닿지도 않는다. 아무르는 이를 갈았다.

그때였다.

[신탁]

새로운 신탁이 뜬 것은.

[쓸모없는 부하들을 전부 처분하고 홀로 완전한 존재가 되어라. 그리하면 우리가 네게 축복을 내릴 것이니…….]

신탁의 내용을 다 읽은 아무르는 울분에 차 소리 질렀다.

"야, 이 개 쌍!"

아무르는 그 자리에 서서 좀처럼 사용하지 않는 오우거어로 온갖 욕설을 다 퍼부었다. 부하들은 갑작스러운 아무르의 욕설에 놀라 멀거니 그를 쳐다보았다. 하늘에서 적이 보고 있음에도 불구하고!

쿠콰콰쾅!!

그 빈틈을 놓치지 않고 하늘에서 폭격이 쏟아져 내렸다.

"으아아악!"

아군은 아무도 죽지 않았다. 그림자들이 잠깐 흩어졌다 다시 나타난 것뿐이다. 하지만 부하 하나가 고통의 비명을 질러 대었다.

'그러지 말라고 했는데.'

그림자를 재생시키는 대신 찾아온 두통 때문에 소릴 지른 것이다. 그동안은 잘 참다가, 잠깐 마음의 빈틈이 생긴 탓에 한 명이 방심해 버렸다. 이로써 적은 그림자를 타격하는 것만으로도 아군에 피해를 입힐 수 있음을 깨닫고 말았다.

'잘못을 했으니, 죽여도 되겠지?'

아무르는 소릴 지른 부하를 살기 어린 눈으로 노려보았다.

저놈을 죽여서 새로운 축복을 받으면 적을 죽일 수 있을지도 모른다. 그런 생각에 입술을 핥던 아무르는 다음 순간 정신이 퍼뜩 들었다.

'내가 지금 무슨 생각을 한 거지?'

프라이드는 영광의 이름이다. 휘하의 네 명은 처음부터 아무르를 따라온 혈육과도 같은 존재였다. 이미 한 명을 죽였다고 하더라도, 그게 다른 이들을 죽여도 된다는 뜻은 아니었다. 애초에 한 명을 죽인 이유가 다른 세 명을 살리기 위해서였다.

아무르가 살기 위해서가 아니었다.

'내가 강해져서 부하들의 복수를 하면 그걸로 되는 거 아닐까?'

내면의 악마가 마음속에 그렇게 속삭였다. 아무르는 그게 정말 본인의 생각인지조차 믿을 수가 없었다.

'내가 어떻게 이런 생각을 할 수가 있지?'

결정적으로 바뀌어 버렸다. 뭐가 바뀌었는지는 아무르 본인조차 모르지만, 뭔가 결정적인 부분이 뒤바뀌어 버렸다. 아무르는 그걸 참을 수가 없었다.

아무르는 칼을 역수로 쥐고, 자신의 가슴을 그어 피를 내었다.

"대장!"

"무슨 일이요?"

부하들이 아무르를 걱정하듯 외쳤다. 가슴의 고통, 그리고 부하들의 목소리에 제정신이 돌아온 것 같았다.

일단 결심을 했더니 홀가분해졌다.

"신탁이 내려왔다."

"예? 정말로요?"

부하들이 반색했다. 반색한 이유는 간단했다. 신탁을 이행하면 축복을 받고 새 능력을 얻어서 더 강해질 수 있다. 부하들은 이미 경험으로 학습한 바 있었다.

그러나 곧 부하들의 표정은 다시 바뀔 것이다.

"너흴 다 죽이란다."

아무르는 진실을 말해 버리기로 마음을 먹었기 때문이었다. 아무르의 생각대로, 부하들의 얼굴이 하얗게 질렸다.

그것도 길지 않았다.

이번에는 아무르가 미처 생각하지 못한 방향으로 상황이 흘러갔다.

"그럼 죽이쇼."

한 놈이 말했다.

"우릴 죽여서 이길 수 있다면 그렇게 하쇼. 그게 전술적으로 옳은 판단 아니오?"

말한 놈이야 결연한 표정을 지었지만, 다른 놈들의 얼굴은 핼쑥해졌다.

"그래, 이기려고 전쟁하는 거지. 대장, 우리 복수는 확실히 해주쇼."

그런데 또 한 놈이 동조했다.

"허, 난 아직 죽기 싫은데. …그래도 이대로라면 어차피 다 죽겠지."

마지막 한 놈마저 체념하기라도 한 듯 고개를 떨어뜨렸다.

"어차피 죽을 거라면 이겨보기라도 하는 게 낫지 않것소?"

"승리가 낫지. 승리해야지. 죽더라도……."

한 놈, 또 한 놈.

"미친 새끼들."

아무르는 이를 갈았다. 눈물이 솟구쳐 나왔다. 아무르는 이미 깨닫고 있었다.

진실을.

"자, 그럼 결정됐군."

"죽이쇼."

"내 목숨을……"

아무르는 다시 한 번 자신의 칼로 스스로의 가슴을 그었다.

"다 닥쳐, 이 새끼들아!"

다음 순간, 환상이 깨져 나갔다.

허옇게 질린 부하들의 얼굴이 다시 아무르의 시야에 들어왔다. 방금 전에 본 것, 들은 것, 전부 환상이었다.

이게 '그분들'이 보여준 건지, 극단적인 상황에 몰린 아무르가 직접 만들어낸 환상인 건지는 확실하지 않았다.

하지만 확실한 게 하나 있었다.

아무르는 방금 기만당했다.

"…대, 대장? 정말 우릴 다 죽일 거요?"

얼어붙은 듯 아무르를 쳐다보던 그의 부관이 떨리는 목소리로 물었다. 아무르를 가장 오래 섬겼던, 가장 충성스러운 부하였다.

가슴에 두 개의 큰 상처를 입은 아무르는 피를 철철 흘리면서, 쌍검을 양손에서 떨어뜨렸다.

"아니지, 이 새끼들아."

아무르의 두 눈에 뜨거운 눈물이 흘렀다.

"내가 어떻게 내 새끼들을 죽이겠냐……."

아무르는 자신의 부하들을 '새끼'라 여겼다. 무리의 수사자인 그가 다른 수사자들을 죽이지 않은 건 그런 이유에서였다.

동시에 아무르는 진실을 안다. 부하들은 용병이었다. 좋은 의미로든 나쁜 의미로든. 아니, 정확히는 나쁜 의미다. 용병이라는 단어에 좋은 의미가 끼어들 구석이 별로 없음을, 용병대장인 아무르 본인이 가장 잘 알고 있었다.

'나는 내 새끼들을 못 죽여도, 이 새끼들이 나더러 자기들을 죽여달라 할 리가 없지.'

그것이 아무르가 끝까지 기만당하지 않은 이유였다. 부하들을 향해 자신의 쌍검을 휘두르지 않은 이유였다.

부관의 표정이 굳어지는 것이 보였다.

"그렇군."

어떤 직감이 아무르를 덮쳤다. [간파]가 요란하게 반응하고 있었다. 피하라. 축복으로 얻은 능력은 그에게 그렇게 명령하고 있었다. '그분들'이 자신의 편이 아니더라도, 축복으로 얻은 능력은 여전히 자신의 편임을 아무르는 그때야 알았다.

그야 그렇다. '그분들'을 적대시할 생각 따위는 지금까지 없었으니까. 지금에야 알게 되는 게 당연했다.

요란한 [간파]의 신호를 받으면서도, 아무르는 움직이지 않았다.

사실 수사자는 설령 자신의 새끼라 한들 자신의 위치를 위협한다 싶으면 공격해 무리에서 쫓아버린다. 아무르는 그 사실을 잘 알고 있었다. 그리고 새끼 수사자는 성장하면 무리의 수사자를 공격해 자신이 무리를 차지하려 든다. 그것이 자연의 법칙.

그러나 아무르는 수사자가 아니다. 짐승이 아니다.

아무르는 쌍검을 놓았다. 칼이 땅에 떨어져 나는 소리가 요란했다.

손에 무기를 들지도 않은 상태로, 아무르는 무방비하게 가만히 서서 떨어지는 창칼들을 받아들였다.

부하들이 자신에게 내려치는, 살의가 깃든 공격들을.

이것이 아무르가 처음으로 저질러 보는 '그분들'에 대한 '반항'이었다.

'그러니까 너희가 나를 죽여라.'

이 말을 입으로 소리 내어 할 수는 없었다.

더군다나 이미 이뤄진 일이다. 굳이 입 밖에 낼 필요조차도 없었다.

그렇게 아무르는 죽었다.

*　　　*　　　*

스칼렛과 로렌은 상공에서 워 오우거들이 하는 짓을 다 지켜보고 있었다. 갑자기 적 대장이 자신의 가슴을 칼로 긋더니, 곧 이어 다른 부하 워 오우거들이 무기를 들어 자기들의 대장을 참살하는 것을 말이다.

"저것들 뭐 하는 거야?"

스칼렛이 물었다.

"신탁을 받은 거야."

로렌이 대답했다.

"젠장."

입맛이 썼다.

만약 '그분들'이 신이라면 악신(惡神)들임이 틀림없다고 로렌은 생각했다. 인신 공양을 받는 신이 선신(善神)이나 질서신일 리가 없으니까. 아니, '그분들'은 여럿이니 적어도 이번 일에 개입한 신은 악신이라고 보는 게 맞으리라. 신인지 어떤지도 모르지만, 어쨌든.

"곤란해졌는걸."

자신들의 대장을 때려죽인 세 워 오우거의 그림자가 땅을 박차고 뛰어올랐다. 아니, 이 표현은 적당치 않다. 적당한 표현은 이것이다.

날아올랐다!

"로렌!"

위협감을 느낀 스칼렛이 급히 외쳤다. 그림자들은 똑바로 이쪽을 향해 날아오고 있었으며, 존재감 자체가 흐릿해 잘 보이지도 않는 눈에서 확실한 살기를 뿜어내고 있었다.

'그림자들이 비행 능력을 가지게 되다니!'

그 수법이 실로 악랄하긴 했으나, 그 결과로 받게 된 이번 축복은 상당히 위협적이었다. 워 오우거 본인들에게까지 비행 능력이 부여됐는지는 알 수 없으나, 어쨌든 공중전은 불리했다.

그림자에게 아무리 타격을 줘봐야 소용없다. 다시 재생될 뿐이다.

그림자를 아무리 타격한다 한들 적들은 별 피해를 입지 않는다. 물론 약간 두통을 느끼는 정도의 소모값은 있겠으나, 로렌이 그림자들을 상대하느라 소모할 마력, 공력, 각인의 힘에 비하면 미약한 것이리라.

즉, 전황이 변했다.

로렌은 소모전을 강요하는 입장에서 강요당하는 입장으로 바뀌었다.

그렇다면 로렌 또한 자신의 전술을 바꿔야 할 필요가 있었다.

"지상으로! 본체를 노리자!!"

로렌은 급히 외쳤다. 더 이상 시간을 끄는 건 의미가 없었다. 결전을 치를 타이밍이었다.

"꽉 잡아!"

스칼렛은 몸을 뒤틀며 급강하를 시도했다. 그 와중에 로렌의 몸이 이리저리 흔들렸으나, 큰 문제는 아니었다. 안장은 단단히 묶여 있었고, 로렌에게는 아직 여력이 많았으니까.

로렌은 양 허벅지만으로 몸을 고정시킨 채 양손으로는 창을 들었다.

금강의 격을 펼쳐 각인의 팔을 꺼내도 상관은 없었지만, 상황이 어떻게 돌아갈지 모르니 일단은 각인의 힘을 아끼기로 했다.

등이나 고개를 돌리지도 않고, 로렌은 등 뒤에서 쫓아오는 그림자들을 창으로 찔렀다. [위기 감지]나 [간파] 같은 능력을 갖고 있는 건 아니지만, 그림자들의 움직임이 정직한 건 지금까지 관찰한 것으로 이미 알고 있었다.

창에 꿰뚫린 그림자들은 제자리에서 못 박힌 듯 멈춰 지지직거렸다. 피해를 입어 지지직거리는 동안에는 움직이지 못하는 것 같았다. 곧 회복하고 쫓아오기야 하겠지만 따돌리는 데는 이걸로 충분했다.

중요한 건 본체를 타격하는 거였으니까.

"지금이야, 스칼렛!"

"알았어!"

로렌은 스칼렛의 등 위에서 뛰어내리며 그 기세를 이용해 워 오우거들을 향해 돌진했다.

"네놈들의 능력을 어떻게 해야 하는지는 이미 생각이 끝났다!"

로렌은 화염 폭발을 여러 발 날렸다. 워 오우거들을 직접 노리지 않고, 회피할 만한 방향에만.

쿠콰콰쾅!

폭발이 일어났다.

뭔지 모를 능력으로 폭발 지점을 이미 감지한 워 오우거들은 회피 행동을 취하지 않은 채 가만히 서서 로렌을 향해 병장기를 들어 올렸다. 로렌이 생각한 대로였다.

"됐다!"

로렌은 창을 뻗었다. 회피할 방향이 폭발로 막힌 워 오우거는 회피하지 못하고 로렌의 창을 자신의 병장기로 받아내야 했다.

챙!

"그럴 줄 알았다!"

워 오우거는 분명 강력하다. 인류 중에서 최상위급의 신체 능력을 가졌고, 그렇다고 머리가 나쁘거나 순발력이 부족한 것도 아니었다.

하지만 로렌은 기사다.

그것도 인류 최상위권의 실력을 갖춘 기사다.

공력이 실린 로렌의 일격을 어찌어찌 받아낸 상대 워 오우거에게 로렌은 가차 없이 금강의 격으로 또 한 쌍의 팔을 꺼내 들어 각인검을 휘둘렀다.

퍼억!

드디어 유효타가 들어갔다. 로렌은 희열을 느끼다가도 그 자리에서 도약을 사용해 뛰어올라야 했다. 어느새 쫓아온 그림자가 그의 등을 노리고 유성추를 던져왔기 때문이었다.

파악!

그림자의 유성추에 의해 땅이 움푹 팬 것이 보였다. 그림자의 공격이 환상 같은 것이 아닌 실제 공격임은 이미 인지하고 있었으나, 아는 것과 경험하는 것은 다르다.

"쳇!"

로렌은 도약을 연신 쳐 순식간에 공중으로 날아올랐다. 그림자들이 그를 따라 날아올라 왔다. 그나마 한 놈을 처치해 그림자의 숫자가 둘로 줄어든 것이 다행이었다. 로렌은 창을 휘둘러 쫓아오는 그림자들을 지지직거리게 만들고 다시 스칼렛의 등 위로 올라왔다.

"거참, 피곤하네!!"

나한테도 저런 그림자가 있었으면! 로렌은 생각했다. 그러자 어떤 발상이 자동적으로 로렌에게 떠올랐다.

'…다음에 한번 시도해 봐야겠군.'

그것도 나중 일이다. 로렌은 다시 눈앞의 전투에 집중했다.

어쨌든 한 놈은 처치했다. 같은 방법으로 또 한 놈을 처치할 수 있을 것이라는 계산은 섰다. 겨우 보이는 승기에, 로렌은 안도하면서도 한편으로는 걱정이 됐다.

'저놈들이 또 축복을 받으면 어쩌지?'

이변이 생긴 것은 그때였다. 로렌과 스칼렛의 뒤를 쫓던 그림자들이 등을 돌려 본체를 향해 내려갔다. 지면 쪽을 보니, 두 워 오우거가 칼과 창을 휘두르며 서로 싸우고 있었다.

'또 신탁이라도 받은 건가?'

서로를 죽여서 살아남은 자가 또 축복을 받을지도 모른다. 그런 생각에 로렌의 마음이 급해졌다.

"스칼렛! 급강하를!"

"알았어!!"

스칼렛은 두말없이 날개를 꺾어 지면으로 떨어지듯 날았다.

그러나 로렌이 한 발 늦었다.

먼저 그림자를 불러들인 쪽이 그림자의 병장기로 다른 쪽을 살해해 버리고 만 것이다.

"아, 진짜!"

로렌은 짜증을 내면서도 살아남은 마지막 한 명을 공격했다. 화염 폭발에 이은 각인창, 각인검 공격. 이미 한 놈을 살해한 전적이 있는 효과적인 공격 방식이었다. 새로운 능력으로 인한 반격에 주의하면서 조심스럽게 공격했지만, 결과만 두고 말하자면 그럴 필요는 없었다.

파악!

로렌의 각인검이 마지막 한 놈의 가슴팍을 갈랐다. 치명상이었다.

"왜 새로운 축복이… 내려오지 않지?"

마지막 한 놈의 유언이 그것이었다. 그 두 눈에서는 피눈물이 샘솟고 있었다. 로렌에 대한 증오나 죽음에 대한 공포 따위는 느껴지지 않았다. 회한과 자책감, 죄책감이 그놈의 눈동자를 가득 채우고 있었다.

어떤 가설이 떠올랐다.

"설마… 신탁도 내려오지 않았는데 아군을 살해한 건가?"

아무리 그래도 그렇게 멍청한 짓을 실제로 저질렀을까? 로렌은 생각했지만, 다른 가설이 떠오르지 않았다. 그렇다고 죽어 넘어진 놈한테 답을 캐물을 수도 없는 노릇이었다.

씁쓸한 승리였다.

프라이드의 다섯 명 중 세 명이 아군의 손에 죽은 셈이 되었다. 로렌이 직접 처치한 건 딱 두 놈뿐이었다. 절반이 안 되는 셈이다.

어쨌든 승리는 승리다. 고작 다섯 명을 처치한 작은 승리였지만, 이 승리가 전혀 의미가 없는 것은 아니었다. 후방 교란 임무를 맡은 적 특수부대를 처치한 것이다. 급습에 떨던 아군은 안심할 것이고, 전선은 안정되리라.

"좋은 게 좋은 거지."

로렌은 침을 한번 퉤 뱉었다.

*　　　　*　　　　*

생각해 봐야 소용없는 건 깊이 생각하지 않는다. 사실 마법사에게는 꽤나 중요한 덕목이다. 하나 가지고 끙끙대는 것보다 빨리 포기하고 다음 것을 배워서 마력의 총량을 늘리는 것이 마법사에겐 더 이득이기 때문이다.

현 세대 마법사로서 정점에 오른 로렌도 그런 덕목을 충실하게 따르고 있었다.

그래서 지금 로렌이 생각하고 있는 건 프라이드의 처참한 전멸이 아니라, 그들이 마지막에 얻었던 능력인 [그림자 분신]이었다. 당연하게도 로렌은 그 능력의 명칭이 [그림자 분신]임을 모르나, 명칭 따위는 아무래도 좋다.

중요한 건 그 능력을 구현할 수 있는가였고, 로렌은 그에 대한 몇 가지 가설을 떠올렸다.

가장 먼저 떠올린 가설은 그림자에 마력을 공급해 본다는 것이었다. 그 다음 가설은 공력, 그 다음이 각인의 힘이다.

셋 다 실패했다.

'하늘을 날아가고 있어서 그런가?'

그런 일차원적인 이유는 아닐 것이다. 그림자라는 건 빛이 물체에 가려져 생기는 상이다. 실제로 존재하는 게 아니다. 그런 것치곤 프라이드의 워 오우거들은 자신들의 그림자를 떼어 내 마음대로 움직였지만, 로렌은 그런 방식으로는 정답에 도달할 수 없을 거라 생각했다.

그림자가 실제로 존재하는 것이 아니기 때문에, 마력이든 공력이든 어디로 보내야 하는지 로렌은 감도 잡지 못했다.

'별의 영역처럼 '그림자의 영역'이라는 게 따로 있다면 또 모를까.'

쓴웃음을 지으며 그렇게 생각한 순간, 로렌은 또 다른 가설을 떠올렸다.

'별의 영역?'

그림자의 영역에 놓인 몸이 그림자라 가정한다면, 별의 영역에 놓인 그림자와 같은 것은 별의 몸이다.

생각해 보니 로렌이 갖고 싶었던 건 분신이지 그림자를 움직이는 능력이 아니었다. 그림자를 움직이는 능력이야 그림자 마술이라도 하면 된다. 그리고 김진우로서 마술사를 꿈꾸던

어린 시절에 그건 질리도록 했다.

'별의 몸을 육체에서 떼어내서 따로 움직이는 게 가능할까?'

그것이 로렌이 가지게 된 새로운 의문이었다.

'시도해 봐서 나쁠 건 없겠군.'

로렌은 차후 상황이 안정되면 한번 시도해 보기로 마음을 먹었다.

"로렌, 무슨 생각을 그렇게 열심히 해?"

말없이 날던 스칼렛이 심심했던지 말을 걸어왔다. 그러고 보니 로렌류 용기술도 사용하지 않은 채다. 로렌은 얼른 공력을 돌려주며 대꾸했다.

"…아마 너랑 다른 생각."

"난 오늘 저녁밥 생각했는데. 바투르크가 돼지 먹여준댔어."

"……."

이제 나도 너랑 같은 생각을 하게 됐어, 라고 솔직하게 털어놓기엔 어째선지 조금 자존심 상했기 때문에 말하지 않았다.

"그리고 보니 말하는 걸 깜박했는데."

대신 로렌은 이렇게 말했다.

"나 천수의 격 얻었어."

"뭐?! 진짜!"

스칼렛은 아직 천수의 격을 얻지 못한 상태였다. 그녀의 목소리에 놀라움과 질시가 섞여 있는 걸 간파하며, 로렌은 매우 만족해했다.

"그리고 보니 조금 전에 싸울 때 두 쌍 이상의 팔을 꺼내는 것 같아 보이기는 했어!"

"눈치가 참 빠르구나, 스칼렛."

"비꼬지 마! 공력이나 계속 보내!!"

로렌은 잠자코 스칼렛의 요청대로 공력을 콸콸콸 틀어주었다.

"흐아아아."

스칼렛은 기분 좋아했다. 그녀가 더 이상 떠들지 않게 되었으므로, 로렌은 다시 생각에 잠겼다. 분신을 움직이는 사안은 대충 마무리가 되었으므로, 이제 생각해야 할 일은 전쟁에 관한 일이었다.

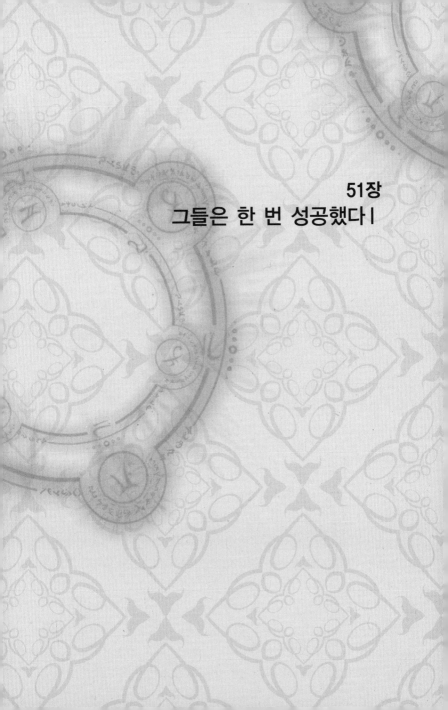

51장
그들은 한 번 성공했다 I

찜찜하나마 프라이드를 잡아낸 로렌은 본진으로 돌아가자
마자 스칼렛에게 전언을 부탁했다.

　"탈란델한테 방주 몰고 오라고 전해달라고?"

　프라이드와의 교전은 잠깐이었지만, 로렌은 지금 상태로는
힘들겠다는 판단을 이미 내렸다. 워 오우거는 생각보다 강력
한 존재들이었고, 그들 가운데 축복받은 자들도 있다.

　더군다나 이번 교전에서 워 오우거들이 실시간으로 신탁을
수행하며 축복을 받고 새 능력을 얻는 것까지 보았다. 도저히
여력을 남기면서 싸울 수 있는 상대라 볼 수는 없었다.

로렌은 사용할 수 있는 수단은 다 사용해서 얼른 승기를 잡아야겠다고 방침을 바꿔 잡았다.

"알았어."

스칼렛은 생각보다 쉽게 대답해 주었다.

"밥 먹고."

"그래, 그렇게 해."

　로렌은 고개를 끄덕였다. 아무리 그래도 예정된 만찬도 못 먹게 하는 건 사람의 도리가 아니라 생각했기 때문이다.

　촌각을 다투는 일이기는 하나, 밥을 거르면서 전쟁을 어떻게 하겠는가? 스칼렛이야 직접 참전할 일이 드물기는 하겠지만 어쨌든 그랬다. 지나치게 여유를 잃는 것도 그다지 좋은 판단은 못 됐다.

＊　　　　　＊　　　　　＊

　배부르게 돼지 요리를 먹고 난 뒤, 스칼렛은 출발했다.

"스칼렛이 가고 나니 조용하군."

　스칼렛은 로렌과 같은 막사를 썼기 때문에 그녀가 가고 나니 막사가 휑하게 느껴졌다. 물론 천막으로 벽을 만들어 각자 다른 방을 쓰긴 했지만, 그걸 방이라고 할 수 있을지는 좀 의문이었다. 천막의 방음 효과야 그리 기대할 수 없는 게 당연했다. 숨 쉬는 소리까지 다 들리니 말이다.

얼마 되지도 않는 시간이었는데도, 헤어져 있는 동안 쓸쓸하기라도 했던 것일까. 스칼렛은 여기 머무는 동안 로렌이 명상이라도 하고 있지 않는 한 그에게 끊임없이 말을 걸었다. 그거야 그녀 본인에게 물어보지 않는 한 알 수 없는 일이지만, 로렌은 물어보지 않았고 앞으로도 물어볼 생각이 없었다.

손이 많이 가는 아이한테 정이 많이 간다고 하더니, 스칼렛의 빈자리가 더 크게 느껴졌다.

"있을 땐 귀찮았는데."

그렇게 로렌이 스칼렛의 공백을 곱씹으며 잠깐 멍하니 있을 때였다.

"……!"

이변은 아무런 전조도 없이 갑작스럽게 찾아왔다.

"…이런."

입맛이 매우 썼다.

눈 한번 깜박할 새, 마법 서킷 하나가 사라져 있었다. 원래 세 개였던 로렌의 마법 서킷이 지금은 두 개가 되어버리고 만 것이다.

원인은 명백했다.

로렌이 아는 한, 마법 서킷마저 갈아가면서 사용하는 마법은 단 하나뿐이다.

회귀 주문.

정확히는 시간 파괴 주문이라고 하는 게 맞을 것이다. 시간 파괴 주문이란 로렌이 지구에서 김진우였던 시절 회귀 주문을 개발하는 도중에 만들어진 일종의 부산물이었다. 미완성 품이라고 해도 좋았다.

시간 파괴 주문의 효과는 다음과 같다.

현재의 시간을 파괴함으로써 과거를 돌아간다. 그 대가로서 마법 서킷 하나를 희생한다.

회귀 주문은 사중 융합 주문인 데다 마법 서킷을 두 개 희생시켜야 하지만, 지금 소멸한 마법 서킷은 하나뿐이었다.

마법 서킷이 네 개였다가 둘로 줄어들었을 가능성도 없진 않았지만, 그럴 가능성은 매우 낮았다. '미래의 일'이 기억나지 않았기 때문이었다.

회귀 주문이 제대로 사용됐다면 '미래의 일'도 기억하고 있어야 한다. 시간 파괴 주문과 회귀 주문의 가장 큰 차이점은 기억 보전이다. 자신의 시간을 파괴하면서도 같이 파괴당하는 기억은 끊임없이 회복시키기에, 회귀 주문의 난이도가 더 높고 대가도 많이 치러야 하는 것이니까.

하지만 지금 로렌은 그저 '마법 서킷이 아무런 전조도 없이 파괴되었다'는 것밖에 모른다.

즉, 결론은 이렇다.

미래의 로렌이 향후 어떤 치명적인 피해나 손괴를 입은 채, 마지막 희망을 걸고 시간 파괴 주문을 사용했다.

절대로 일어나서는 안 되는 일이 일어났기에 사용한 것이리라. 아니라면 마법 서킷 하나의 희생을 감수할 수 있을 리가 없었다.

"…그나마 시간 파괴 주문을 사용했다는 걸 알아차리기라도 해서 다행이로군."

어떤 치명적인 재난 때문에 시간 파괴 주문까지 사용해야 했는지, 지금의 로렌으로서는 알 수가 없다. 하지만 그런 재난이 일어났다는 것만은 알았다. 알게 되었으니, 미리 막거나 손해를 줄이는 것이 가능해졌다.

"최대한 대비를 해야겠어."

로렌이 아는 시간 파괴 주문은 그리 많은 시간을 되돌릴 수는 없다. 기껏해야 한 달 정도였다. 애초에 전생 회귀 주문의 부산물인 주문이다. 연구를 오래한 것도 아니고, 숙련도를 쌓을 틈도 없었다.

주문을 외우는 시점의 로렌은 최대한 시간을 벌 생각이었을 테니, 아마 주문의 효과를 꽉 채워서 썼을 가능성이 높았다.

즉, 로렌에게 남겨진 시간은 아무리 길어도 한 달.

한 달 안에 그 뭔지 모를 치명적인 사건이 일어나게 된다. 로렌은 그 전에 미리 방비해야만 한다.

'하지만 무슨 일이 일어났는지 알아야 말이지.'

답답하긴 했지만 어쩔 수 없었다.

로렌은 미래의 자신이 어떤 상황이 되어야 시간 파괴 주문까지 사용하게 될지 경우의 수를 하나씩 떠올리기 시작했다.

*　　　　　*　　　　　*

로렌 본인이 생각하기에 자신은 아주 이기적인 마법사이며, 설령 국왕이 죽더라도 마법 서킷을 희생해서까지 시간 파괴 주문을 사용할 것 같지는 않았다. 탈란델이나 스칼렛, 제자들이나 레윈도 마찬가지였다.

자기 자신에 대한 기묘한 통찰이 이어졌고, 그 결과 로렌은 아무리 생각해도 두 가지 경우의 수밖에 떠올릴 수 없었다.

1. 로렌 본인이 죽을 위기에 놓였다.
2. 라핀젤이 죽어버렸다.

로렌은 이 딱 두 가지 경우의 수에만 본인이 마법 서킷까지 희생시켜 가며 주문을 외울 것이라고 스스로 결론을 내렸다.

'그렇게 보니 나 자신이 꽤나 무정한 인간 같지만, 사실이니 어쩔 수 없지.'

어쨌든 딱 두 개 남은 경우의 수 중 어느 쪽일지에 대한 고찰도 이제부터 시작해야 한다. 로렌은 자아비판의 시간은 짧게 끊어버리고 바로 다음 고찰로 넘어갔다.

시간 파괴 주문은 고도의 주문으로 상당한 집중력을 요하지만, 별의 영역에 올라 별의 몸을 손에 넣은 로렌은 순식간에 주문을 완성시키는 것이 가능했다. 그러니 로렌 본인이 죽기 직전에 시간 파괴 주문을 사용해 위기에서 벗어나려 들었을 가능성은 충분히 있었다.

그렇다 하더라도 아무래도 가능성이 높은 쪽은 후자였다.

'내가 죽을 것 같으면 도약 주문이나 회복 주문부터 쓸 것 같으니까. 명률법도 있고.'

로렌은 자기 자신이 위험할 때 사용할 수 있는 긴급 회피 수단이 많았다. 물론 이런 생존 수단들까지도 무효화시키는 '축복받은 자'의 능력이 있을지도 모르니 확언할 수는 없지만 말이다.

둘 중 어느 쪽일지 고민하며 끙끙 앓던 로렌은 곧 답을 찾아냈다.

"두 가지 경우의 수 모두를 예방하는 방법이 있잖아?"

그 답은 매우 심플했다.

라푼젤을 이쪽으로 부르면 된다.

라푼젤이 지니고 있는 엘리시온의 경이는 아주 강력한 신의 연대의 기물이다. 그 기물이 발하는 빛은 폭발로 인해 전신이 부서져 버려도 순식간에 회복시킬 정도다. 로렌은 발레리에 대공을 죽일 때 광경을 직접 목격했다.

그러니 라푼젤을 로렌이 있는 곳으로 부르면 로렌이 위기에 빠지더라도 경이의 힘으로 한두 번은 살아날 수도 있다.

이건 라푼젤도 마찬가지였다. 라푼젤만 따로 있다면 반격의 수단이 없으니 여러 번 살해당하다 결국 고귀함을 전부 잃고 죽게 되겠지만, 로렌과 라푼젤이 같이 있다면 이럴 일은 없다.

더군다나 엘리시온의 경이가 발하는 힘은 생명력과 체력은 물론이고 마력 또한 회복시킬 수 있다. 아무리 로렌이 별의 영역에 이르렀다지만 엘리시온의 경이만큼 마력을 회복시키는 건 불가능하다.

즉, 경이의 힘을 빌리면 단시간의 격렬한 마력 소모도 감당해 낼 수 있고, 이는 곧 로렌 본신의 크나큰 전력 상승으로도 이어진다.

'경이의 힘으로 마법 서킷 회복도 가능하려나?'

이번 기회에 알아보는 것도 나쁘지 않으리라.

그렇게 판단한 로렌은 바로 모건 르 페이에게 텔레파시를 날렸다.

＊　　　　＊　　　　＊

다르키아 왕국에서 활동했던 대부분의 암살 조직은 일망타
진당했거나 로렌의 밑에서 정보 조직으로 개편되었다.

하지만 일망타진당한 건 암살 조직이지, 암살자가 아니었다.
아직 로렌이 존재를 파악하지 못한 암살자도 존재하기는 한다.

문제는 의뢰를 할 만한 사람들도 그 존재를 모른다는 것이
다. 의뢰를 받기 위해 광고를 할 수도 없는 노릇이니, 암살자
들도 의뢰를 받지 못해 일을 할 수가 없게 되었다.

그렇게 실업자나 마찬가지 상태가 된 암살자들은 그냥 다
른 나라로 뜨거나 전업하는 식으로 다르키아 왕국에서 모습
을 감췄다.

단 한 명을 제외하고.

광신도 베르나.

종교라는 개념이 사라져 가고 있는 이 인류 연대에 그녀가
광신도라는 별명을 얻게 된 이유는 다음과 같다.

베르나는 의뢰를 신으로부터 받는다고 주장했다.

광신자 베르나의 존재가 처음 알려진 것은 하이어드 랑트를
살해하면서부터였다. 범행 현장에는 [신의 이름으로. 베르나라
는 쪽지가 남겨져 있었다.

쪽지 자체가 엘프 문자로 쓰인데다 베르나라는 이름도 엘프식이었기에 범인은 엘프, 그것도 하이어드 랑트의 경쟁자인 하이어드일 것이라고 추측되었다.

그 전까지 이름이 알려지지 않은 암살자의 발호였기에, 로렌 휘하의 정보 조직에서는 일제히 비상을 걸고 베르나를 찾아내기 위해 전력을 다했다.

그러나 실패했다.

베르나로 추측되는 하이어드를 구속한 그날, 다음 범행이 일어났기 때문이었다. 베르나를 쫓는 정보 조직들을 비웃기라도 하듯, 이번 쪽지는 드워프 문자로 쓰여 있었다. [신의 이름으로. 베르나]. 서로 다른 문자를 썼음에도 필적은 동일했다. 동일 인물이었다.

이번에 살해당한 피해자의 신분은 기사였다. 공력을 다룰 줄 아는 진짜 기사. 초인마저도 은밀하게 살해한 베르나는 급속히 명성을 키워갔다.

정보 조직들은 베르나의 의도가 이름을 알리는 것이라 예상했다. 명성을 떨치고 큰 의뢰를 받아 한탕 해먹고 빠질 생각이라고 예측했다. 그렇기에 정보 조직들은 함정을 팠다. 거액을 걸고 베르나를 고용하겠다는 쪽지를 돌린 것이다.

그러나 베르나의 답은 없었다. 베르나는 함정에 걸리지 않았다.

또 한 명이 죽었다. 이번엔 일반인이었다. 한낮의 광장에서 인파 속의 남자 하나를 죽이고 사라졌다. 대범한 살해 방식이었다. 그럼에도 완벽했다. 목격자는 전혀 없었다. 남자는 소리 없이 죽어 넘어졌다.

이번에는 북부 공용 문자로 [신의 이름으로. 베르나]라는 쪽지가 어김없이 발견되었다.

이쯤해서 정보 조직들은 두 손 다 들었다. 지금까지 해온 모든 추측이 틀렸다. 베르나의 다음 행동을 예상하는 것은 불가능해 보였다.

그 후 한 달간, 베르나는 자취를 감췄다. 모방 범죄가 몇 건 일어났지만, 범인들은 모조리 다 잡혔다. 전문가들은 그들이 그냥 뜨내기이며 베르나일 리 없다고 증언했다.

베르나가 완전히 행적을 감춘 딱 한 달째가 되는 날. 히드라의 피 소속 암살자 분석 전문가들은 베르나가 다르키아 왕국에서 자신의 실력을 시험한 것이며, 이제 명성을 얻었으니 다르키아 왕국을 나가 다른 곳에서 큰 의뢰를 받을 것이라고 말했다.

다소 성급한 결론이었지만 전문가들의 논리에는 설득력이 있었다. 다르키아 왕국에선 암살자가 제아무리 명성을 올려봤자 의뢰조차 받지 못하고 의뢰자부터가 뒤를 밟혀 암살자까지 잡히는, 암살자에겐 최악의 환경이기 때문이다.

결론부터 말해서 전문가들의 의견은 틀렸다.

베르나는 지금도 여전히 다르키아 왕국에 있었다.

『전생부터 다시』 7권에 계속…

초대형 24시 만화방

신간 100%, 샤워실, 흡연실, 수면실(침대석), 커플석, 세탁기 완비

▪ 시흥 정왕25시점 ▪

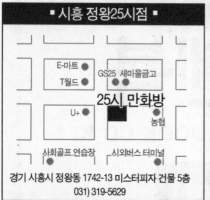

경기 시흥시 정왕동 1742-13 미스터피자 건물 5층
031) 319-5629

▪ 강북 노원역점 ▪

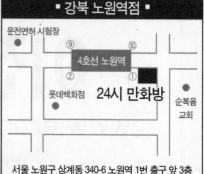

서울 노원구 상계동 340-6 노원역 1번 출구 앞 3층
02) 951-8324 (화용빌딩 3층)

▪ 일산 정발산역점 ▪

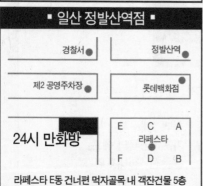

라페스타 E동 건너편 먹자골목 내 객잔건물 5층
031) 914-1957

▪ 일산 화정역점 ▪

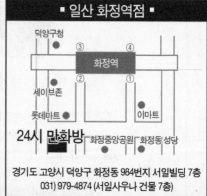

경기도 고양시 덕양구 화정동 984번지 서일빌딩 7층
031) 979-4874 (서일사우나 건물 7층)

▪ 부천 역곡역점 ▪

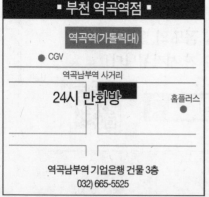

역곡남부역 기업은행 건물 3층
032) 665-5525

▪ 부평역점 ▪

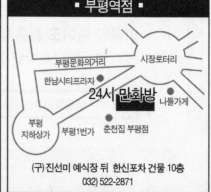

(구) 진선미 예식장 뒤 한신포차 건물 10층
032) 522-2871

FUSION FANTASTIC STORY

인기영 장편소설

호감받고 성공더!

100

86/10

안경 여드름 돼지. 줄여서 안여돼.
그것이 김두찬의 인생이었다.

제발 한 번만,
단 한 번이라도 당당한 삶을 살아보고 싶어!

띠링!
우주 최초 리얼 시뮬레이션 '인생 역전'의
플레이어로 선정되셨습니다!
접속하시겠습니까?

YES를 선택한 순간, 모든 것이 달라졌다.
안여돼 김두찬의 인생 역전기!

Book Publishing CHUNGEORAM

유행이 아닌 자유추구
WWW.chungeoram.com